中南财经政法大学
中文系学生作品选
［2021级］

张金梅　帅锦平　主编

湖春

光明日报出版社

图书在版编目（CIP）数据

南湖春：中南财经政法大学中文系学生作品选：2021级 / 张金梅, 帅锦平主编. -- 北京：光明日报出版社, 2024.5
ISBN 978-7-5194-7885-8

Ⅰ.①南… Ⅱ.①张… ②帅… Ⅲ.①中国文学－当代文学－作品综合集 Ⅳ.①I217.1

中国国家版本馆CIP数据核字(2024)第066781号

南湖春：中南财经政法大学中文系学生作品选：2021级
NAN HU CHUN: ZHONGNAN CAIJING ZHENGFA DAXUE ZHONGWEN XI XUESHENG ZUOPIN XUAN: 2021 JI

主　　编：张金梅　帅锦平	
责任编辑：谢　香	责任校对：孙　展
封面设计：索　美	责任印制：曹　净

出版发行：光明日报出版社
地　　址：北京市西城区永安路106号，100050
电　　话：010-63169890（咨询），010-63131930（邮购）
传　　真：010-63131930
网　　址：http://book.gmw.cn
E - mail：gmrbcbs@gmw.cn
法律顾问：北京市兰台律师事务所龚柳方律师

印　　刷：天津奥丰特印刷有限公司
装　　订：天津奥丰特印刷有限公司
本书如有破损、缺页、装订错误，请与本社联系调换，电话：010-63131930

开　　本：145mm×210mm　　　印　张：6.75
字　　数：170千字
版　　次：2024年5月第1版
印　　次：2024年5月第1次印刷
书　　号：ISBN 978-7-5194-7885-8
定　　价：55.00元

版权所有　翻印必究

序

胡德才

中南财经政法大学新闻与文化传播学院中文系建系已满十五周年。十五年前,首届四十多名学子从全国各地汇聚武昌南湖之滨的美丽校园,成为这所以经法管学科著称的人文社科类大学的第一批中文学子。从此,晓南湖畔、文波楼里、希贤岭上,开始有一群群怀揣着文学梦想、吟诗作文、写书编戏的红男绿女,校园因此增添异彩,生活变得更有情趣。转眼十多年过去,在已毕业的十二届学生中,有的已成为受欢迎的职业作家,有的已从名校完成硕士博士学业,有的成为了文化、艺术、教育、媒体等企事业单位的骨干。其实,文艺学科在我们学校有着悠久的历史,学校的前身是1948年建校的中原大学,首任校长是著名文史学家范文澜。1949年成立的文艺学院是中原大学最早成立的学院,也是当时中原大学的四大学院之一,另外三个学院是教育学院、财经学院和政治学院。文艺学院首任院长是著名电影导演、表演艺术家崔嵬,他曾主演和导演了《青春之歌》《红旗谱》《小兵张嘎》《杨门女将》等一批新中国电影史上有广泛影响的优秀影片。后因20世纪50年代的院系调整,学校人文专业中断。但从首任校长范文澜先生出版《文心雕龙讲疏》开始其学者生涯,到当代学者古远清教授影响遍及海内外的台港文学研究,我们学校的人文学科积淀丰赡,一直薪火相传。

中国语言文学是我国人文学科中甚至是所有学科中最基础的学科,在我国长达十二年的基础教育中最重要的第一门课是"语文",即指中国语言文学。在我看来,中国的大学都应该开设中国语言文学专业,并向所有其他专业开设中国语言文学的必修课,这与市场无关,而与中华民族的生存与发展有关。但在急功近利的社会氛围中,在实用主义风气引领下,最基础的传统学科被边缘化了。中国语言文学学科不再是很多年轻人追慕的学科,更不是热门学科,进入这个学科专业的一些学子也常常身在曹营心在汉,或者心浮气躁、盲目跟风,结果专业不专、一无所能,这是令人十分忧虑的。

面对传统学科人才培养的现实困境,我们一方面深感忧虑,一方面积极探索,努力在教育教学实践中更新教学理念、完善课程设置、改革教学方法、探索管理模式。如从汉语言文学专业首届学生进校开始实施的班导师制,持续实行至今。学院给每个班配备一名本专业的教授或具有博士学位的优秀青年教师担任班导师,从新生进校开始陪伴学生四年,直至毕业离校,全面指导学生的专业学习、人生规划。导师言传身教,学生受益良多,师生之间结下了深厚的情谊,形成了专职辅导员和兼职班导师相结合而互补的学生管理新模式。2013年,本科"卓越计划"汉语言文学专业综合改革项目获得学校批准立项后,我们在总结多年教育教学改革实践的基础上又有新的探索,修订了人才培养方案,确定了本科学生必读书目和拓展书目,强化了学生写作能力训练,引进了具有影视编剧和小说创作实践经验的作家担任创意写作类课程的专业教师,并对学生的课外阅读与写作从内容到数量作出明确规定,将其列入专业课程成绩考核的范围,学生可以以不同体裁的原创文学作品代替毕业论文。我们的目标是夯实学生的专业基础、发挥学生的专业特长,为培养具有真才实学的创造性

序

人才打下坚实的基础。

我们的"卓越计划"汉语言文学专业人才培养方案尤其是创意写作训练自 2014 级学生开始实施以来,有不少学生在创意写作上取得了可喜的成绩。他们的小说、散文、诗歌发表在重要报刊,有的获得了重要奖项,话剧和电影剧本被搬上舞台和银幕。结集出版的系列作品集已有《南湖风》《南湖雨》《南湖云》《南湖月》,显示了青年学子的创作潜力和文学才华。

当然,重要的不是学生们的写作取得了多大的成绩、达到了多高的水平,重要的是通过创意写作教学和实践激发出学生创作的潜能,埋下创意的种子,养成写作的习惯,也留下了青春的印痕,增添了生活的色彩,丰富了生命的内涵。

现在编定的三本创作集分别是中文系 2019 级、2020 级和 2021 级经历了武汉疫情时代的三届学生的作品选。眼下已是 2022 年的大雪节气,武汉虽然尚未降大雪,但寒冷依旧,尤其是新冠病毒奥密克戎毒株还在兴妖作怪,侵扰人间。但"冬天到了,春天还会远吗?"风雨过后,必现彩虹。我们定能很快走出疫情,迎来明媚的春天!

这三部作品集分别命名为:《南湖雪》《南湖虹》《南湖春》。是为序。

2022 年 12 月 18 日
(作者系中南财经政法大学新闻与文化传播学院首任院长)

目 录

春风十里不如你

- 003　焉识焉不识，归来未归来
　　　　——《归来》观感 / 刘婧欣
- 006　月光 / 刘晓妍
- 012　我有一双神奇的眼睛 / 谢嘉瑜
- 017　人间烟火 / 李欣悦
- 024　粉店 / 李雪涛
- 033　蓝玫瑰与飞鸟 / 钱颖颖
- 036　闪耀 / 任华妤
- 040　三日 / 陶悦思
- 048　年岁 / 王　萌
- 051　偷偷喜欢你 / 谢钰湘
- 059　第一万次追她 / 邢子善

故人往事知多少

- 071　我的奶奶 / 胡锦添
- 078　旧时光 / 明　彤
- 080　夏日友人记 / 汤欣怡

083　三千寻觅／周　倩
087　双胞胎／张玲玲
094　罗村纪行／方羽馨
098　阿菊／蔡睿恩
105　外婆／陈麒羽
108　循环／贺瑾格
128　钓鱼／李逸欣

世间景语皆情语

135　风雨的呢喃／徐丙男
137　养花记／张蕴譞
141　樱笋年光，向阳而生／陈　琳
143　山，再唤我一声／陈垠龙
145　家乡那段河／王韵涵
147　乡村旧忆／魏泽洋
150　热闹的春节／徐光艳
155　校园的秋／王晓娟

思考乃人生乐趣

159　为自己而活的幺姑
　　　——读《死水微澜》有感／费熙华
164　生活是一座围城
　　　——读《围城》有感／黄馨仪
168　宿命的孤独
　　　——读《百年孤独》有感／杨雨城

170 如向日葵一般绽放希望,向阳而生
——《肖申克的救赎》观后感 / 金　滢
176 惊颤 / 肖　彤
178 内卷与躺平 / 桂千尧
183 都清醒都独立 / 廉　蓬

皆是人间惆怅客

187 如果生命是一粒沙 / 潘祥羽
190 与黑夜为伴 / 王影秋
193 以鸽子为指引 / 王钰霏
196 光影 / 陈烜旸
200 人虎传 / 潘笑莹
202 从人类群星处转身,奔向一个人的丛林 / 谢飞扬

春风十里

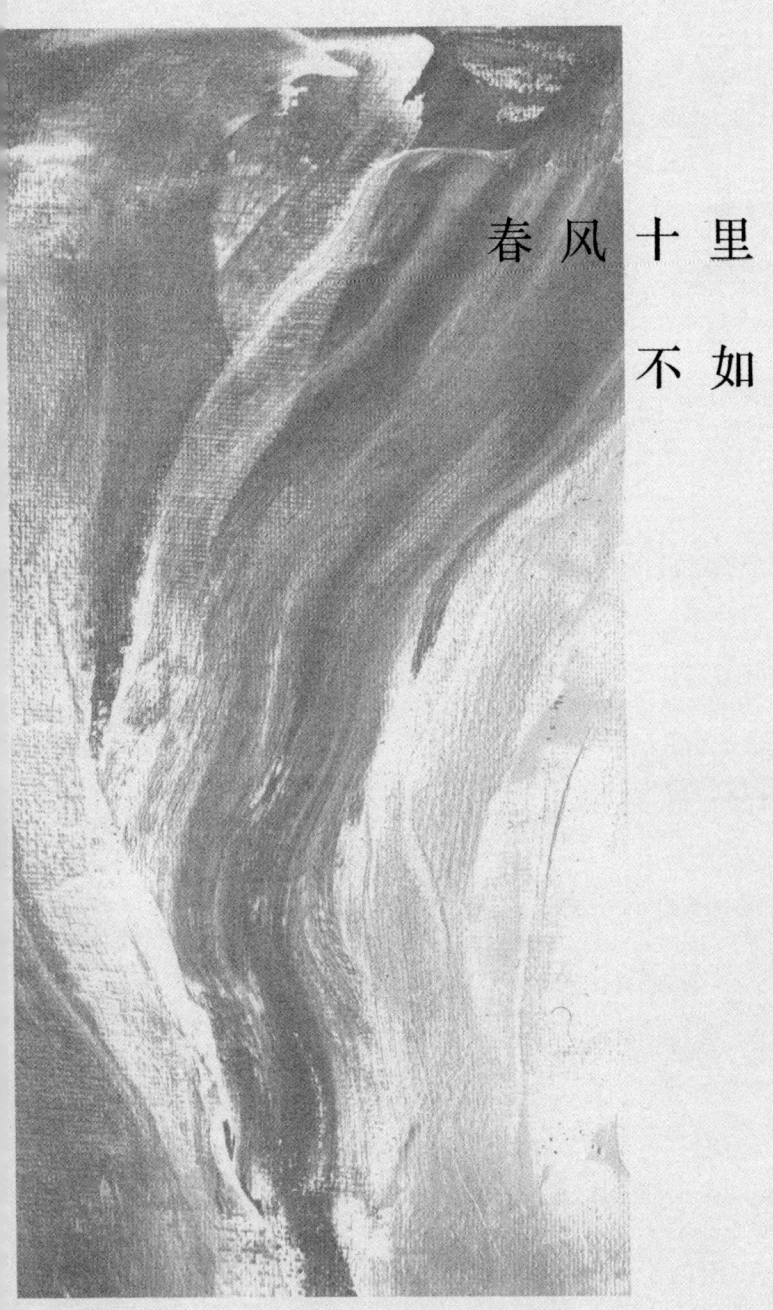

不如你

焉识焉不识,归来未归来

——《归来》观感

刘婧欣

"文革"一直以来就像一根刺,深深嵌在他们的心底。含着太痛,拔出太难。

该怪谁呢?

陆焉识吗?那个会法语,弹得一手好钢琴,风度翩翩、潇洒非凡却无辜被扣上右派的帽子受了十年牢狱之苦的大学教授?他做错了什么?冯婉瑜吗?她只是二十年如一日等待她深爱的丈夫,含辛茹苦独自养育着他们的女儿,却在这场浩劫中受尽了冷眼与欺凌。还是丹丹?三岁以后便再未见过她的父亲,在接受那样的时代的教育下,父亲在她心里不过是一个应该避而远之的"阶级敌人"。她漂亮,舞蹈功底好,梦想着能在舞台上表演她心心念念的《红色娘子军》中的吴清华,选择了告发逃跑的父亲,却终究逃不过父亲的连累,不能成为舞台的主角。当年,以她的年岁、她的阅历,又怎能理解母亲对她"演个战士也挺好"的寄予呢?

好像谁都没错,可伤疤就在那里。

"文革"后平反,陆焉识终于归来,二十年后一切都变了。等他归家时女儿丹丹已不再跳舞,而妻子冯婉瑜选择性失忆不能够识得他。命运太过残忍,相爱不能相守,相遇不能相识。

他说：“我是焉识啊。”可她只是含着泪一味地摇着头：“你不是焉识，你不是。”他弹起了年轻时常常弹奏的老钢琴，双手局促，心底潮湿，记忆里的旋律让他们短暂相拥，梦醒时分她又一次地推开了他。

既然不能相识，那就用尽余生陪着她，照顾她，只要她需要时，他都在。

经历了种种磨难他明白了，相伴一生，已是幸运。

她什么都不记得了，她的记忆停留在"文革"时期，成了困在时间里逃不出的人。

她确实什么都忘了，可她只记得她爱他。每月5号她都去站台等他，年复一年，等到她已不能独立行走需要车推，等到她皱纹斑布不再是年轻模样，等到隆冬的大雪纷飞，也染白了她的发。

可他明明就一直在她身边，陪着她等待"陆焉识"归来。两个人，一坐一站，又是5号，又是清晨，还是那个车站，她在等，他也在等。

他们明明近在咫尺，却宛如相隔万水千山。

在《南方周末》的访谈中，陈道明（陆焉识扮演者）说："我觉得我们现在这个社会需要告诉别人，一个东西砸了、坏了，很简单；但是我们把别人砸了的东西，缝上，把它愈合好，这很难，也很伟大。"

当陆焉识得知方师傅对冯婉瑜的欺凌后，他决定去找方师傅"以牙还牙"。可几经周折后，他发现原来方师傅也和他一样，被人押走受到了惩罚，留下孤儿寡母苦苦等待。在这场疯狂、可怖的浩劫中，他没有选择去做那个施暴者，没有将仇恨可怕地继续发展下去，因为同样受过伤害，他选择将伤痛就在此化解停止吧，平和，宽容，原谅。

张艺谋的电影向来是一场视觉盛宴,色彩浓烈而奔放。但《归来》的世界是朴素、寡淡的,只是平淡地讲述了一个故事:他们爱了一场,很久很久,久到忘记了一切也没有忘记我爱你。

陆焉识看似归来,可冯婉瑜记忆中的陆焉识并未归来,陆焉识期待的冯婉瑜认不出他也并未归来,陆焉识、冯婉瑜和丹丹本该美满幸福的生活也无法归来,家已不再是家。历史遗留的创伤从未抚平,好像一泓池水,看似平静无痕,实则经不起一点波澜。

错误的时间,正确的爱情,时代丑恶不堪,他们却美好如初。

当大雪飘渺模糊了视线,人流如潮水般涌来匆匆而过,车站门又一次重重关上紧锁,他们就静静等着,不去埋怨命运无常,不去感叹人生悲喜,就那样静静地等着。

陆焉识和冯婉瑜的爱情伟大而遗憾,如那年大雪纯洁无瑕,让人动容。

月　光

刘晓妍

　　人在岁月青葱的深处都或有遗憾。回忆深深，我被时光半推着飞也似的向前奔跑，带来的风偶尔掀起涟漪。

　　我一开始是不愿接近程玥的。确切地说，我始终与同班的同学都隔着生冷的间隙。只因少女的自尊如薄纸、如白水，对一点风吹草动都过分敏感。

　　我来自边疆广袤的大草原，这片美丽的土地并未使我饱受滋养。相反地，清贫的家境与过度的风吹日晒使我枯黄。在当地的学生间，我算得上是聪明，而阿爸阿妈指望着我能飞出去到大城市开开眼。于是我苦读三年，终于被北京的高校录取。然而这点可笑的小聪明在其他学生面前很快相形见绌。更令我受挫的是一口怪腔怪调的乡音，在受过良好的普通话教育的学生中间如芒刺背。无止境的自卑使本就笨拙的我更加寡言少语。

　　而程玥全然相反，活泼、秀美、自信。小乡镇是养不出程玥似的美丽的。她的身形高挑而苗壮，有一双长而媚的眼睛，眼波时时流转，神情里透着小鹿似的狡黠。她爱笑、爱打闹，这份娇纵又带着被亲人好友所宠爱着的自知，于是常使些天真又不使人讨厌的小性子。进入高校后的程玥广受大家喜爱，被推举为班长，是校园里的风云人物。我们分明是走在相同的道路上，然而我只是她脚下被无限拉长的、反方向的、黑色的倒影。我并不嫉妒她,只是她的光芒太耀眼,硬生生地照出我生命轨迹的裂痕。

不知从何时起,程玥总是故意似的在我面前晃悠。我想是出于班长放心不下班级边缘学生的责任心吧。为了改掉自己糟糕的口音,我每天早晨都会在操场练早功,捧着绕口令集诵读。她似乎是盯准了我的出操表,较劲般地比我起得更早来到操场晨跑。我一遍一遍地读,而她一圈一圈地跑。

我还未受过正式的矫正训练,所以好好的句子被我念得歪七扭八,我却浑然不知。恰好跑到我身边的程玥一听,不由噗嗤一笑。我明白她并非坏心眼儿,然而脸不受控地泛红,简直有点自暴自弃地更大声念起来:"一(yá)道黑,两(liǎ)道黑",程玥跑第一圈时我这么念,跑第二圈时我还是这么念,最后她索性停下来跟在我身后故意学我说话,气得我直瞪眼,合上书就要跑。

"欸,许舟山,我错了嘛,别生气。"程玥笑盈盈地拉住我,"你是不是想说好普通话呀?我可以帮你。"她突然眼珠一转,带些调侃意味道:"像你刚才那样自顾自地念,怎么可能矫正得过来呢!"

我本可以像往常一样逃避似的走开,可她的笑容太灿烂,使我有了一瞬的恍惚。见我并未拒绝,程玥轻轻抽出我手中的书,找到我刚才念的那一段,字正腔圆地教我拼读。

"一道黑,两道黑,三四五六七道黑,八九道黑十道黑……"她的声音清脆响亮,带着循循诱导的意味。此后的每一天她都会教我念书,开始是简单的绕口令,后来是她喜欢的诗集文选。我于是知道了雪莱、叶芝、华兹华斯等一串外国人名。当她读起她最喜欢的莎士比亚十四行诗第十八首时,我看见她脸上难得的沉静。一片未捻拢的书页被风吹得噼啪作响,我下意识地贴近替她捏住书角,她才仿佛回神般抬起头来望向我。那双漂亮的眼睛一如既往毫无遮掩地盯着我,我却像做错事被抓包般飞快转过头去。

有一天,她带给我一个我没见过的黄澄澄的水果,皮肥而厚,轻捏又很柔软。她说这叫芒果,剥皮就能吃到甜蜜的果肉。我好奇地接过,笨拙地扒开表皮便大口地咬上去,却有什么坚硬的东西抵住了牙齿的进攻。

我递给她一个询问的眼光:"咬不动?"她先是不解,随即明白过来我不知道芒果里有核。我因为自己的无知而显得有些窘迫。然而她第一次没有捉弄我,而是迅速剥了一个芒果,随后和我一样大口咬上去,被核硌到牙齿,然后朝我笑笑。

芒果的清甜在嘴里荡漾开来,这是我从未体验过的甜蜜的滋味,可对我而言这个瞬间比芒果更加珍贵。阳光太强了,即使我们躲在浓重的树荫底下,碎金般的光点仍从枝叶的缝隙中进来。她雀跃地跑到我身边,微微喘着气,俏皮的刘海被汗湿黏在秀丽的面庞上。无厘头地,我想起她所喜欢的那句"Shall I compare thee to a summer's day?"。我的心被那个夏天烫出了小小的一道疤,在内心湿漉的日子里才会微微发痒,提醒我曾经拥有过多么炙热的日光。

我们维系着师与生的关系,但并没有达到朋友的程度。除了早功以外的时间,并没有太多交集。她是被同学们围绕着的小明星,而我是游离于集体外冷着脸的怪学生。我明白她是在照顾我的自尊心,使她的关切不至于引起太大关注而扰乱我的生活。对于这份心照不宣的默契,我心存感激,然而更多的是奇妙的窃喜。我无法自然地以一个朋友的形象站在她的身边,却实实在在地独占了她的每一个早晨。

因为支付不起往返的路费,大学四年的春节我都是只身在学校度过。程玥是本地人,知道我不能回家过年,便硬拽着我到她家吃年夜饭。她的父母热情接待了我,使我倍感温暖。饭后我想着不能平白受人家的好意,于是半是命令半是哀求地对程玥说,大年初四一定要回学校宿舍找我。

初四那天,程玥如约而至。我变戏法似的掏出一个电炉,接通电源做起了饭,一面回头向她解释:"在我老家,吃了别人的饭必须还一顿。今天我要你尝尝没吃过的好东西。"我们俩如小孩般围着炉子不停捣鼓,直到天黑才端上一道有模有样的手抓饭。

见她捧着碗大快朵颐,我故作惋惜道:"唉,可惜这里没有我们家乡产的黄萝卜和羊肉,不然你得把碗盘都吃进肚子里哦。"

她意犹未尽地舔掉碗边的米粒,噘起油亮的小嘴道:"那你以后天天做给我吃,不就好啦?"

昏暗的豆灯摇晃着我们的思绪。未来这个话题对于年轻人而言太缥缈又太宏大。我忽然问她:"你想过以后要成为什么样的人吗?"

程玥侧着头手托着脸,眼睛闪闪发亮:"我呀,我想成为大明星,想当偶像剧里的女主角,和很多很多帅哥谈恋爱!"她又摆正脑袋反问我:"许舟山,你以后想成为怎样的人?"

我摇摇头:"不知道。可能回到我的家乡,成为一个普通打工人,挣钱给父母养老吧。"

"你没有想过留下来吗?"她问。

怎么会不想呢。

来到北京这几年,虽然我的生活依旧平淡如死水,然而死水微澜,那是她入侵的地方。北京毕竟是北京,有着大草原所没有的光景与机遇。然而我终究不是程玥,连做的梦都蒙着现实的灰尘。阿爸阿妈虽然想让我出来念书，却还是希望我作为唯一的孩子回到故乡尽孝。何况在这偌大的都市里，一个普通的女学生，无钱无势，或许连生计都成问题。我无力挣脱亲情羁绊的束缚，也并没有多大的把握能在这里扎根。我的沉默在这个夜晚如惊雷作响。

程玥读懂了我的无奈，轻轻将头倚在我的肩上。半晌，如梦初醒般喃喃道："如果我们能赚大钱就好了。有了钱，是不是能解决所有的烦恼？"

她垂着眼，浓密的睫毛在脸上留下两片小小的阴霾。我不喜欢看到她这样落寞的表情，于是半是回答她、半是激励自己道："不过谁知道未来的事呢？也许我会努力一把，在北京找到一份好的工作。说不定真可以挣大钱呢！"

她笑了笑："嗯，谁知道呢。许舟山，我真的希望你能成为自己想要成为的人。"

夜晚实在是太美好了，好到能够纵容一个少女大胆的梦。我们通宵畅谈，共同编织着有关成年的幻想，同时第一次如此真切地思考着过去与未来，直到曙光将至。

四年时光转瞬即逝。临别那天，程玥抱着我痛哭流涕，缠着我承诺一定要多多联系她。我当然微笑着满口答应。然而与所有的离别一样，我与程玥不过是一朵蒲公英上的两片冠毛，无论从前怎样在风雨搏击下紧密相连，在暮夏七月受不可抗力的作用终究会化为落英各奔西东。从每日的简讯，到一月一次的汇报近况，再到长久的沉默，这样的变化不过几年而已。

再后来，我在荧幕上看到了程玥。她如愿成为演员，依旧漂亮而生动。我截下她的剧照，联系了她，表示祝贺。她的语气依旧俏皮，问我有没有同样完成当年的志向。

当年呆笨木讷的我，如今已经成为北京互联网大厂的一名中坚骨干，虽没能赚大钱，却有了安家落户的底气。毕业之后，我在经过了激烈的心理斗争后，向阿爸阿妈提出要北漂的愿望，未曾想二老爽快地答应了我。他们含泪告诉我，这是我第一次主动向他们提出愿望。有时他们都希望我不要这么懂事，毕竟比起其他所有，他们最希望的是我不留遗憾。青春的一切都像是冗繁而晦暗的。如今能拥有这样一个完满的结局，或许是上天的馈赠，然而我更感激程玥曾经陪我走过的深深浅浅的一段路。

我曾经那样执着于对她的情感，在树荫下她带着芒果香气凑近我一字一句纠正我的口音时，在那个逼仄的宿舍、梦幻的夜晚，她沉默地将头倚在我的肩膀上时。但是在这一刻，我不再纠结于当年她的不回应和我的不勇敢。如果有平行时空，我希望这一刻的情感同样能治愈十八岁的我。

回首眺望，我明白，那不是我的月亮，可确有一刻月光曾照在我身上。而被程玥改变的那部分我，代替了她永远地和我站立在一起。

我有一双神奇的眼睛

谢嘉瑜

我能把人看成动物。

真的。

出生时我什么都看不见,只有一团又一团的怪兽将我完全笼罩。

妈妈说怪兽叫黑色,黑色的怪兽其实很温柔,会在我睡着后抱着我,就像妈妈哄我睡觉一样温柔。我从没见过小怪兽,但知道它一定在我身边,因为每天醒来被子里都暖呼呼的,就像太阳。对了,妈妈说太阳也是暖暖的。不过我还知道太阳是香香的,因为每次晒好的被子上,都有一股淡淡的香味。

妈妈每周都会带我去一趟医院,去见她的朋友小杨医生。不过我觉得小杨医生更像是我的朋友,她每次都会抱着我和我聊天,让我说说有没有什么不舒服。小杨医生和太阳一样,都是暖暖的香香的,妈妈和她老是会说一些悄悄话,她们说的时候就把我带到王阿姨那里去,不让我听。

我一点也不喜欢王阿姨,她从来不陪我玩,一直在写写记记,接打电话。她老是规定我必须坐在板凳上,那个小板凳又硬又冷,没有妈妈的怀里温暖舒服。但妈妈说王阿姨是护士长,很忙,让我乖一点。我以后才不要当护士长呢,护士长不会和小孩子玩，一点童趣都没有，我只能无聊地在板凳上度过一段漫长的等待时光。

有一次，我趁王阿姨没注意，偷偷躲在小杨医生的门后，听听她们在说些什么悄悄话。门有些隔音，我模模糊糊地听到什么"先天性失明""尽早找眼角膜"，还没听完呢，就被王阿姨逮住了："你咋乱跑呢？眼睛看不见自己跑哪都不知道！真不让人省心。"

她的大嗓门很快惊到了门里的人，妈妈开门走了出来，抱着我，和她们道别。回家的路上，妈妈好像有些紧张，一直问我有没有听到什么。我摇摇头说没听到。

但其实我知道，我和正常人不同，我是个盲人。

妈妈说，我要做眼角膜移植手术，做了手术眼睛就能看见了。妈妈很高兴但又有些害怕，手术前的那个晚上抱着我说了好久的话，在我似睡似醒的时候，有小水滴掉在我的脸上，我伸出舌头舔了舔，咸的。

我又去了医院。小杨医生把我抱到一个硬硬的床上，凉凉的，我有点害怕。但我不说，他们都说勇敢的小孩是什么都不怕的，我要做小杨医生眼中最勇敢的小孩！麻醉剂慢慢打入我的身体，我感到一股浓浓的困意，打了个小小的哈欠。

小杨医生说让我睡一觉，醒来就能看见妈妈了。

自手术后，我和正常人一样，拥有了一双健康的眼睛。我还是会去医院，不过没有那么频繁。小杨医生说我的眼睛恢复得很好，只要平时注意，就能和正常人一样用眼。

但，只有我知道，我和她们都不一样，我有一双神奇的眼睛。

我能把人看成动物。

我知道,这一定是小怪兽送我的礼物。

妈妈是猫,和我在一起的时候非常温柔,老是把我放在她柔软的肚子上,用温暖的毛毛包裹着我,而遇到不好的事情时,她会把背拱起来,后背上的毛都耷起,将我护在她身后,看上去可凶了。不过,妈妈应该是世界上最勇敢的猫咪,可以打跑很多坏人。

小杨医生是绵羊,有白白的卷卷的毛,和电视上的小羊一样,安安静静地做着自己的事。她吃饭的时候将蔬菜包在嘴里,腮帮子一鼓一鼓的。

王阿姨是一只蜘蛛,有好多好多的爪子,看起来有些吓人。她写写记记的时候,是在织网,不知道从哪里拉出一条线,缠在前腿上,又拉出一条线,也缠在前腿上,整整齐齐地排着。她看上去很凶,但一丝不苟地将爪子安排得井井有条的样子又有些可爱。

而我自己,是一只小兔子,我的毛是白白软软的,有长长的耳朵和红红的眼睛,我喜欢这样的自己。

上小学以后,我接触的人越来越多,能看到的动物形态也越来越多。

但渐渐地我发现,不是所有的人都像妈妈和小杨医生一样,有着可爱的动物形态。有的人他们明明笑着说话,可又露出了獠牙,像要把人扒皮抽血;看着乖巧温柔的女同学,居然是一只麻雀,老是叽叽喳喳地乱说话;凶凶的班主任,居然是一只树懒,懒洋洋的,一点也不像他平时管我们的模样。

而大家都不喜欢的童默,我的同桌,他是一头大黑熊。

童默是个恶霸，同学们都说童默可凶了，老是欺负小同学，上课还和老师顶嘴吵架，被请了好几次家长。大家都怕他，怕他紧握的大拳头，怕他永远皱着的眉头，班里几乎没有人愿意和童默说话。但我不怕他，我知道，他是一只正义且勇敢的大黑熊。

大黑熊是不会乱欺负人的，他欺负的都是一群老鼠。他们总是装出一副一本正经热爱学习的模样，却私下里偷东西，乱说小道消息，还露出我讨厌的黄黄牙齿。和童默吵架的老师是一只变色龙，看着笑眯眯的，其实早就变成了丑丑的灰棕色，和其他老师说话的黄青色完全不同。我也讨厌她，只是不敢像童默一样当面表现出厌恶。

我真羡慕童默，能够做一切我想做但又不敢的事。

我有时会想，难道他也有这样一双神奇的眼睛？

要是他也有和我一样的眼睛，能够看到皮囊之下的东西，那我是不是就算有了一个同类了？我迫切地想要一个答案。

上课时，我悄悄地写了一张字条："你是一只小熊吗？"放在他的课桌上。

他看了看字条，若有所思地觑着眼睛看了我好久，然后说："我知道，你是一只兔子，傻兔子。"他顽劣地笑着。我有些生气，但更多的是惊喜，他真的是我的同类！

童默说这双眼睛就是我们的武器，是上天赐予我们的礼物。我们要用这个能力找到更多的像小杨医生和妈妈一样的表里如一的好动物，而不能让双面人占据世界的大半。是的，他把那些用假的情绪伪装自己的人叫做双面人。接下来的日子里，我们到处乱晃，企图找到更多的表里如一的"好动物"。

可是随着看到的人越来越多，我开始难过，为什么这个世界上会有这么多的双面人呀？我们在街市里逛了一圈又一圈，看到的都是双面人，他们用脸上的笑容与恭维的话语，企图掩盖皮囊之下的不屑或愤怒，他们的表情狰狞，就像可怖的怪兽。豺狼虎豹，猪狗牛羊，大街上全是动物，表里不一的动物！我好害怕，我害怕看到他们尖尖的獠牙、凶狠的眼睛，和表面上温和的微笑。我更害怕看到他们虚晃着的截然不同却又真实存在于一个人脸上的表情，就像披着羊皮的狼。

我不懂，人为什么一定要伪装自己的情绪呢？就像妈妈和小杨医生一样，开心就笑，不开心就哭，不好吗？

童默也不知道，但他说这才是我们存在的意义。

这个世界上总是有可爱的表里如一的动物的，我们的使命就是找到他们，让他们一直保持纯净与真诚。

我和童默一样，我们都不知道如何让这个世界的双面人不再存在，也不知道如何让可爱的动物们保持表里如一的真诚。

但我会一直寻找，带着小怪兽送我的那双纯净的眼睛，这双神奇的眼睛。

去看遍这个世界。

人间烟火

李欣悦

寒冬，是夜，店内。

阳春面，一把细面，半碗高汤，五钱猪油，一勺对岸老刘家的酱油，烫上两棵挺括脆爽的小白菜，即成。

"您的阳春面来喽，请慢用！"

张家大儿子端着托盘从里屋走出来，将两碗面摆上桌，在林述对面坐下。林述与店主熟络，而这张家大儿又长他两岁，平日里便自然地叫声张哥。面条翻滚着的香气扑鼻而来，林述被笼罩在萦绕的热气中，盯着水雾，升腾，散去，又再升起，有些失神。张哥端起其中一碗面，用筷子熟稔地搅拌着，使得每根面条都挂上了汤汁。

"我这也还没吃晚饭呢，正好一起了，林兄弟别嫌弃哈。"

"怎么会呢，哥，您说这话可就生分了。"林述把筷子插进碗里，"我这都快个把月没来了，果真还是你们家的面最对味儿。"

"那可不，咱这高汤可是我家的独家秘方呢。"张哥笑着夹起一筷子面塞进嘴里，口齿不清地打趣道，"不过前几个月没了你晚上光顾，我们店可是'偷得浮生半日闲'呐。"

林述笑了笑，低头吃面。

"欸！说真的，忙什么呢最近？我记得你上次来的时候不是说要去申请什么唱歌……戏曲学院？"

"是音乐学院。"林述小声提醒道。

"对对对，就是音乐学院。哎哟，你瞅我这记性。结果如何？"张哥不好意思地摸了摸自己有些扎手的后脑勺，憨憨地笑着，看着林述几乎埋在了面碗里的脑袋。

林述偶然抬眼，视线撞进张哥如炬的眼里，像是害怕被看穿似的，他慌忙地再度把脸埋进碗里。"还……还行吧。"林述随口应道，不愿抬头再与张哥对视，只出神地用筷子在碗里绕着面条，不再说话。

张哥也许是有些累了，埋头吃面，没再搭话。小店里静了下来，空气里弥漫着面的鲜香，厨房里飘来的油烟味，两人吃面的吸溜声。

一碗面见底，林述放下了筷子，伸手打开了挂靠在椅背上的背包。张哥以为他要掏手机付钱，忙伸手止住林述的动作，"哎呀，几个月不来，连老规矩都忘了？"指了指店门前支着的黑板，"晚上十点以后免费的呀！"林述犹豫了一下，还是把包放了回去。

其实，他是来道别的。他连明天回家的车票都已揣在口袋里，但不知为何，嘴唇张合却始终开不了口。

"对了，老张呢？怎的一直未见到他人？"林述伸长脖子往里屋望了望，问道。

老张是这家小店的店主，七十有余，身子骨每况愈下，林述记得几个月前来时总见他捂嘴咳嗽。虽说如此，往日老张仍旧每天都坚持等到十一点半打烊关店才上楼休息，今天一直没见到他，着实有些反常。

张哥摇头不语。

林述并未多想，只当他是乏了，从背包里掏出了刚才想拿出来的信封，叹了口气，暗自庆幸，不在也好，真不想看到老人家对我失望透顶。林述将信封递给张哥："多谢你们父子这两年的照顾，我明天……就要……离开这里了。这封信，麻烦转交给你父亲。"林述不敢也不愿去看张哥的神情，于是低头佯装整理背包。张哥愣住了，许久，才缓缓问道："怎么这么突然……为什么啊？"

"没啥，我就是想通了，或许，这里不适合我，我也根本不属于这个城市。"林述透过氤氲着水汽的玻璃门，望着外面漆黑的夜空以及其间的点点星光。

"走了。很喜欢你们家的面，多谢款待，咱们有缘再见！"拎起包，推开玻璃门，林述感受到门外扑面而来的冷气，终是不舍，回头望了眼默默整理碗筷的张哥，驻足片刻走进了夜色中。

音乐学院什么的，申请的时候他是怀揣着热忱的，但等来的审核结果却不尽如人意；组建的乐队也早因生意惨淡、生活所迫走向了解散，几个朋友都各奔东西，如今坚守的只剩他一人。在省城独自打拼了两年，最后仅有的听众只是几个酒吧的常客和老张父子，连那把他曾经视为梦想的吉他都无奈地转手卖掉了。当年那个满腔热血来到这里的自己，现在看来，真是可笑至极，黄粱一梦。

林述沿着河堤缓缓走着，露水顺着光秃的柳树枝条簌簌地打下来，一片寂静。离天亮还早，刺骨的寒意让他清醒无比，他在堤道旁随意挑了块石头，坐下。

两年前，同样的冬夜。

火车缓缓到站，林述取下耳机，背上吉他和一个用了多年的双肩包，打量着灯红酒绿的陌生城市，走出了车站。这是他第一次来到省城，身无分文，这张车票和那把二手吉他几乎花光了他所有的积蓄。不过不要紧,他安慰着自己,我还有机会。

晚上十点,这座城市热闹非凡像座不夜城。路口奔跑的车辆,永不熄灭地交替闪现的红绿灯,仿佛为这城市的夜晚奏着乐歌。这里高楼林立,街道上车水马龙。熙来攘往的人群好像潮水,霓虹刺眼,灯光恍惚,亦真亦幻。林述有些惘然,又饿又冷,却本能地不想靠近那些灯红酒绿处,于是最后拣了一条偏僻的小道,漫无目的地走着。

这条似乎被遗忘的位于城市犄角旮旯处的老路,沿着护城河堤弯弯曲曲不知通向何方。四周几排老房经历了时间的盘剥都已上了岁数,歪歪扭扭的门脸之间,唯有一处透着暖黄色的灯光。他抬头望了望牌匾——"张家小面",顾不得空瘪的口袋,搓了搓被冻红的手,径直推开了玻璃门。

"您要来点啥?"厨房里的人用勺柄将布帘掀起,探头望了眼来客,缓缓从里屋走出。这是一个系着围裙的老人,眉毛胡子都花白了,脸膛紫红色,看起来七十多了,却神采奕奕。

林述挑了一张靠近内厨的桌子坐下,局促地放下背着的吉他,望了眼菜单,"就来一碗招牌阳春面吧,不过……"林述挠了挠头,用几乎微不可闻的声音低语道,"……没带钱。"

"小伙子,我们店晚上十点以后不收钱的,你坐着稍等一下哈!"那老人笑了,笑得爽朗,指了指支在门口的小黑板,黑板上用清秀的字迹写着:"十点以后老板请客"。

环顾四周,虽然房子都已上了年纪,但店内翻新过,且看得出店主是个讲究人,把这小店打理得整洁干净。

"年轻人,搞音乐的?"老人指了指林述的吉他,笑着说。

林述有些窘,点了点头。没过多久,一碗热气腾腾的面就被一个三十多岁的中年男人端上了桌。

"那你为什么要做音乐呢?"老人看着狼吞虎咽的林述,忽地问道。

"因为……"林述咂了咂嘴,歪头想了一下,"音乐如点点星光,我觉得我的音乐能在黑暗中给人们以丝毫慰藉就足矣。"说完又腼腆地笑了,拿起吉他,弹唱了一首《平凡之路》。

后来,林述就成了店里的常客,三天两头就进去坐坐,与开店的两父子也熟络起来。老张家这爿面馆,一代代积累了不少口碑,现在就算店址已处郊区,食客却照旧络绎不绝。不过这晚上十点后不收费的规矩,却是到了老张这才立下的,虽说,但经常蹭饭的深夜食客也就林述一个。老张常拍拍他的肩,摇摇头说:"没事,以后哪天你搞出名堂了,你这大歌唱家不要忘了光临小店就可以喽!"

记得那天,林述刚刚成立了乐队,老张便拉着张哥和林述一起在店里喝了几杯。热酒下肚,老张突然来了兴致,上楼找来了一架电子琴,缓缓弹出了一段悠扬的旋律,是林述从不曾听见过的,似烟火缕缕,似灯光皎皎。一曲作罢,老张笑着摆摆手说:"是我年少时做着玩谱的曲子。"

"好听啊!原来您也做过音乐?"

老张仰头喝下了杯中的酒,笑道:"哎,不提了,以前年轻的时候也妄想过做音乐人,跟你一样,想用音乐带给更多人以温暖,不过啊,还是不尽如人意……"

"虽然我父亲极力支持我,但我知道他最希望的还是我能好好继承这家店。最后,挣扎了几年,也没混出什么名堂来,还是回来老实继承家业了。"

"一开始确实挺不甘心的,但后来我就想通啦,我做音乐的初衷就是为大家带来温暖和快乐,用心做好每一碗面也是一样的。"

"刚刚您奏的这首曲子,可有名字?"林述若有所思。

"市井集市大概是一座城市烟火气最为旺盛的地方，里面藏着一个家庭所需的柴米油盐酱醋茶、鸡鸭鱼肉瓜果蔬菜，也藏着很多普通人的生活希冀。我开一家面馆，虽满足的是口腹之欲，沾一身烟火气，不似音乐一般璀璨如星光，但面汤一碗，暖人气，亦能给人以慰藉。'四方食事，不过一碗人间烟火'，所以我就给这曲子取了个俗名，就叫《人间烟火》。"在那一刻，似乎能看见老张的眸中，有星光明灭。

……

"林述！"

林述猛地回神，转头，忽明忽暗的月光下，张哥正向他走来，拍了拍他的肩，紧挨着坐下了。

"刚刚你走得太急了，我还有话没来得及说，看见你还在这坐着，就过来了。"林述点了点头。一阵静默。

大概是踌躇了许久，张哥开了口："其实，我父亲……已经走了……"

"走了？"错愕了刹那，林述攥紧了双拳，又无力地松开。

"这封信你还是拿回去吧，毕竟我父亲他也收不到了……还有，这架电子琴，我父亲交代，要送给你的，你拿着吧。"

林述木然地接过，盯着手里的东西默默出神。

张哥知他在想什么，又拍了拍他的肩，起身："好了，时候不早了，我就先走了……"

走了几步，他又回头说道："对了，以后有机会，可还是要来光顾我家面馆的哟！"看见林述点了点头，张哥才消失在了夜色里。

许久，天空微微发亮，林述站起身，拎起手风琴，然后将手里的那封信撕得粉碎。他转身望了望车站的方向，毅然扭头，朝反方向走去。

五年后。

"接下来我要唱的这首歌,名叫《人间烟火》。我之所以做音乐,是因为音乐如星光,能给世间带来慰藉,但后来我慢慢明白,能带给世间慰藉的,远不只有音乐,许许多多平凡的人和事,都有温暖人心的力量,纵使平常如厨中烟火,亦能照亮心间。"

一个年轻人站在舞台中央,握着话筒,自信而从容地说着。

"而我愿意用歌声记录这一切,传承这一切。"

话音刚落,悠扬的旋律随之奏起,远播。

粉　店

李雪涛

（一）

兴民小巷 12 号的那对老夫妻天还未亮就起来了。

曾大爷烧好锅，两人又赶紧去菜场，采买完毕，大筐小筐地往回拉。老曾家是开粉店的，而这样年纪的粉店掌柜，全镇找不出第二个。老曾年纪大了，腰佝偻着，眼皮耷拉，但精神头还在。妻子和老曾年龄相仿，姓王，寥寥几绺黑发在银白的头顶作点缀，动作却依然干练，舀汤的手从不发抖。

老曾早就退休了，听说退休金还不少，怎会做起粉店的生意？如遇食客好奇，问起来了，老曾便答，做惯了，闲不下来。懂行的自然闭嘴，不懂的也该被老曾一股脑噎回去了。开粉店对老夫妻来说是极不友好的，他们占益的就是起早。人老了，白天爱打盹，夜里沉沉的睡眠也弃他们而去，除此之外，哪项是他们擅长的？体力跟得上吗？腰腿站得住吗？

门面是自己的，招牌不曾挂半个，长短高矮不一的椅子是老曾自家的，餐具也是平常人家自己用的，种种迹象，真让人怀疑老曾压根就没打算把这粉店开长久，可老曾夫妻却一声不响地开了十年，还积攒下不少食客，口耳相传之间，慕名而来的人越发地多了，没有招牌，没有名字，寻来的人只用记兴民小巷的粉店便可——兴民小巷本是一片安静的住宅区，热闹处只老曾一家。

毕业后，我在兴民小巷附近的单位谋了个闲职，干了三年，觍着脸捞油水的事情我还做不利索，单位里红光满面的大肚子也不正眼瞧我，平日里的消遣就是上班前到老曾这来吃碗粉，周末也来，就是来得晚。吃完粉，老曾给我递烟，过来的次数多了，我自觉不必客气，想抽时就接，再陪老曾看看球，一上午就这样过去了。

老曾家的粉汤头好，给料足，粉进的也不是孬货，加之离得近，单位的人更有理由来这吃了，一顿下来，吆五喝六的，最后儿乎要打起来，定睛一看，原来是在抢着买单，时常弄得老曾不知如何是好。若是某某主任来了，则场面更甚，鸡飞狗跳的见多了，老曾便让他们自己往铁盒里找钱，自己做主，这就是老曾独有的智慧了。

我从不掺和这场表演，给领导付钱这事也轮不上我。

老曾的粉店名气大了，本不算小的铺面也渐渐拥挤了，尤其早上，来这吃粉的人接踵而至，刚送走一拨又来一拨，桌子少了，食客就要拼桌。俗话说，一起打牌的叫牌搭子，那我的粉搭子便是晓庄了。

晓庄今年多大了，我不清楚，看样子，顶多四年级，穿校服，背着一个不合她身板的大黑书包。书包常年是满的，鼓鼓囊囊，着实引人好奇。她不爱笑，脸上表情更是不多，只有看向那群人时，才会偶尔露出一丝鄙夷的表情，俨然一副小大人样子。

我常和晓庄坐在角落的一桌，比起吵闹，我更喜欢沉默。然而，晓庄的理由我就不得而知了。一来二去，似乎有种跨越年龄的默契将我和晓庄搭配在一起，偶有遇上，我总能在角落的方桌上看到她。

可晓庄最近却不来了。少了个安静的粉搭子，这让我很是落寞。

（二）

晓庄今年十三岁，刚上初一，个子还没长起来，跟着妈妈出去散步时，总遭人问："你家女儿上几年级啦？"，晓庄从不等妈妈回答，自己一个劲地同那人争论，说得有鼻子有眼的，弄得人下不来台才罢休。

晓庄最讨厌的就是有人看扁她。所谓看扁，就是把她当作寻常的孩童，她已经长大了，今年都上初中了。

晓庄是老曾家的常客，若按资历辈分，她能算在"懂行"的里面了，但她毕竟是个小孩，老曾家的事，谁也没和她提过。

就在最近，晓庄发现，粉店来了个帮手，专管收钱，老曾待那人好，处处指点他。有了帮手，老曾也能匀出几根烟的时间来活动筋骨，喝口水，吃口饭，不至于太劳累。

帮手很有礼貌，说话恭恭敬敬的，找钱也必须双手奉上，这可不多见。镇上做粉店生意的多是讨生活之人，礼数方面没那么讲究，食客行色匆匆，对此也觉得不要紧。

晓庄几乎每天早上都上老曾家的粉店吃粉，新来的帮手也眼熟她了。晓庄还没走到门口，那帮手就探出身子来迎她，脸上笑得灿烂，问她今天吃什么。晓庄原本不喜欢笑的，竟也跟着他笑起来。有次早上，晓庄赶早去学校值日，来了粉店，老曾夫妻却不在，那个新来的帮手给她烧汤。他手生，不一会儿就被揭锅时升起的大片水汽吞进去了。晓庄这才隔着这层薄纱仔细看了他——身材矮小敦实，头发短短地盖在脑后，有种似曾相识的感觉。

"老曾不在,我给你多加几片肉,明天再来哦!"他笑着对晓庄说道。

帮手和晓庄的交流多了,人少的时候,帮手时常站过来同她聊天。晓庄听见有人叫他小曾,可她在老曾家吃粉多年,老曾的儿子她见过,是个嚼槟榔抽烟的保安,不长这样,而且,她也未曾听说过老曾家有两个儿子,更何况那帮手……

晓庄的疑问很多,但她十三岁了,已经懂世故了,该问的不该问的她心里清楚。

一天,晓庄照例来到老曾家的粉店吃粉,她坐在角落的方桌,斜对面低头吃粉的也是老曾家的常客。

老曾端着一锅子的热汤从里屋走出来,那常客见了他便问:"老曾,今天你女儿怎么不在?"

晓庄环顾四周,发现收钱的帮手今天果然没在,继而内心的疑问才得以印证,帮手眼熟,是因为像老曾,可要说起老曾的女儿,帮手看着是像的,但又有种说不上来的感受,像男又像女,晓庄搞不明白,只能埋头用筷子搅汤。

临走时,不知何时进来的帮手叫住了她,说是要加个好友,平时没事可以聊聊天。晓庄心中的新疑问虽然还未解,可帮手对她友善礼貌,让她的心比热骨汤还暖。她早就从内心接纳了帮手,认那帮手成了朋友。

后来,帮手总是提前问她明早吃什么,还对她在学校的事情感到特别好奇,晓庄乐意告诉她,只不过要等妈妈睡熟后才能偷偷拿过手机,登上自己的账号,和老曾家的帮手聊天。

晓庄还有个秘密——她最近在存钱。存起来做什么,她不清楚,只知道有一笔自己的存款是大人的象征。妈妈说,晓庄吃住都在家里,没有必要给零花钱,晓庄有的,只是早上的粉钱,然而晓庄却一心想着存钱,那钱从哪里出呢?

晓庄想,早上吃最低那档的根本不要紧,谁叫老曾家的骨汤底熬得好呢?肉末星子也不要紧,只要喝碗老曾早起精心熬制的骨汤,营养照样跟得上。就这样,晓庄每天都能存下来几块钱,上课犯困的时候拿出草稿纸来算一算,眼看着离一百块不远了!想到这里,瞌睡瞬间就走开了。

一天晚上,爸爸问晓庄,早上吃这么素是做什么,钱不是给够了吗?

晓庄抓起身边的扫帚想去扫地,只要立刻投入到另一件事情中去,就能为编造谎言留出时间了,还能确保她慌张的神情不被发现,晓庄以为她做得很自然,可她也许是错的,因为她平时不怎么扫地。所幸爸爸并没有发觉。

"没,只是想换个口味。"晓庄编造了一个平平无奇的谎言。

爸爸走了,晓庄握着扫帚在原地发呆,既然是秘密,她一定不想被任何人知晓。

爸爸是怎么知道的呢?晓庄不明白。她想了很久,只能想到帮手,爸爸下午到老曾家搓牌,帮手好像也在。老曾年纪有些大了,记性不好,下粉的时候只听帮手的,所以,老曾肯定是不知道的,那除了帮手,她想不到还能有别人。

晚上,帮手又问她明早吃什么,晓庄想了想,说明早有值日,不过去了,可她心里却盘算好了要换家粉店吃。

妈妈睡熟了,晓庄偷偷把妈妈的手机放回原位。她想,也许不该和帮手聊那么多,万一她又"告密"呢。

第二天,晓庄没有来,第三天,晓庄还是没有来……

渐渐地,帮手也不再问她。晓庄去到桥下的那家粉店,成了新客。老板娘人也友好,笑盈盈的,围裙干干净净,还记得她的那份不放葱。

（三）

入夏以来，暑气逼人。这样的时节我从不吃骨汤粉，菜单换成了老曾家的凉拌河粉，可这凉拌河粉没吃几天老曾家就停业了——老曾烧骨汤时闪了腰，干不了重活了。初来那天我就该知道，迟早有一天，老曾的粉店会在兴民小巷里黯淡下去。

习惯是难改的，特别是在晨昏之时，过去和现在往往难以明辨。清早上班前，我的腿又朝着兴民小巷里的粉店走去，直到我看见老曾家紧闭的大门才恍然大悟，老曾已经不卖粉了。

我还看到了晓庄，背着书包，一脸惊诧的样子，她有好几个月没来了，老曾闪了腰，看样子她是不知道的。

这天是周五，单位下班很早，我刚出大门，就被背后一阵急促而轻快的脚步追上。

是晓庄。

她问我，老曾家的粉店怎么不开了？我说老曾闪了腰，店暂时不开了。她又问粉店什么时候能开，我摇摇头，说了句不知道，晓庄的表情有些怅然。

粉店的事恐怕是"凶多吉少"了，老曾年纪大了，腰伤恢复起来很难，下午的牌局也跟着停了。

说到牌局，我又想起一件事。好一段时间，我陪老曾聊天看球，抽老曾的烟，有天他叫我下午也来，我知道他这天下午有牌局，可我不会打，他说过来看看就会了。老曾家的牌局很有意思，这里的人不是老头也算小老头了，但没有架子，对我和气又客气。教我搓牌那人就是晓庄她爸，他说他女儿刚上初中，也天天来这吃，我立马想到了我的"粉搭子"晓庄，知晓她的名字，也是从这天开始的。

分三六九等的事情,老曾家也有,晓庄近来都选最低档的吃,寥寥肉碎在汤面上飘着,太素!我这样的老饕是接受不来的。晓庄她爸姓张,我叫他张叔。张叔脾气温和,出手不扭捏,输了也挂着笑脸,牌品那叫一个好,玩笑更是开得起。

唯独有一次,我和他说:"张叔那么大方,怎么不多给点钱让晓庄早上吃顿好的。"

他顿了下,又摆摆手,说:"没有的事!"但还是笑着去摸了牌,我知道,他这是往心里去了。

我低着头,真想给自己抽几个嘴巴子。

从此以后,晓庄便没再来过老曾家的粉店,我冥冥中感觉自己做错了什么,却又始终找不出原因。

(四)

晓庄和食客并排走,不一会儿两人分开了。

老曾家的粉店关门了,食客告诉她,是老曾闪了腰。

也许晓庄永远也不会知道,二十多年前的那个夜里,老曾家生了一对双胞胎,后来他们长大些了,都叫小曾,两个小曾看起来好像和其他小孩不一样。老曾一家急了,带着他们到处求医问药,各路偏方都试过了,还是没点起色。后来,城里的大医院说,这对双胞胎是双性人。老曾这才搞懂,他家的两个小曾为什么和别家小孩不一样。

他们到了上学的年纪,也曾去学校上学,可那些药,让他们变得肥胖,加之性别不明的外貌的特征,总让他们遭受异样的眼光,他们不在学校上厕所,低调行事,待人友善却还是受尽欺负。

其中一个小曾说,她不想上学了,老曾心疼她宠她,真的就答应她这么做了，从此，她便很少再出家门。

老曾夫妻老了，退休了，夫妻二人从不指望孩子们成家，只希望他们能安稳地过完这辈子。大儿子咬牙读完初中，现在在小区门口做保安，工资不多不少，暂时还能凑合，那小女儿呢？长得是那样"怪异"，性格也有些软了，没读过几天书，又无一技之长，老曾到夜里就止不住地发愁，这可怎么是好呀，等自己身体差了，入土了，她要怎么办才好？后来，老曾夫妇退休后试着开起了粉店，虽然苦点累点，只要能多赚一点，他就满足了。可谁也没想到，这粉店一开就是十年。前个月，他终于说动了小女儿，她愿意下楼来帮忙了，只要她愿意，就能慢慢教，开粉店虽然又苦又累，但也不失为一条活路，他老曾凭着一把老骨头，不也坚持下来了？

小女儿来收钱没过一个月，老曾就闪了腰，从前是健步如飞，老当益壮，现在就是朵蔫花了，没办法，只好把粉店关了，也不想要教小女儿烧汤那些事了，他自己什么时候能好还说不准呢！

那小女儿平日里在楼上做什么呢？老曾夫妻不太清楚，只知道她成天摆弄手机，手指在屏幕上点来点去，相当神秘，问她也不明说，含含糊糊的。有次老曾终于听清了，她说是在和别人聊天，老曾搞不懂现在的智能手机，但只要她开心、快乐就好。

后来，老曾家的小女儿不知怎么的和常来店里的晓庄接触上了，看着两人聊得那样好，老曾心里很是欣慰，小女儿闭门不出的日子多到老曾数不清，如今这样的场景看得老曾既新奇又感动。有时，小女儿多给晓庄夹肉，他也不说，睁一只眼闭一只眼就过去了。可晓庄后面倒是不怎么来了，这让老曾觉得奇怪。

老曾的腰还在痛,他闷哼一声,翻了个身,想这些又有什么用呢,粉店到底还是开不起来了。小女儿走进房间,拿来热毛巾给老曾擦脸,她的脸上,也染上了淡淡的愁。

蓝玫瑰与飞鸟

钱颖颖

    蓝玫瑰是一株种在墓园的玫瑰,紧挨在一座清扫得异常干净的墓碑旁。

    墓碑的主人是一个远近闻名的好人,时常会有各种慕名而来的人来祭奠。

    墓碑一周都是白色的满天星,墓碑主人的后代当初订花的时候,粗心的店主混入了一枚蓝玫瑰的种子。到了今天,蓝玫瑰成了这片"花海"中最引人注目的一抹蓝。他受到了所有前来吊唁的人的惊叹。

    他受到了最好的照顾,是爱与美的化身。

    但他不快乐,感到孤独。

    满天星们不喜欢他,既因种族不同,更因人们的偏爱。

    "明明我们的花语才是思念,才是应该呆在这里的,他为什么无意义地在这占取属于我们的赞赏与关心!"

    "他以为自己很幸运吗?做个异类,一个朋友也没有,呵……"

    日复一日来自满天星中偏激分子的憎言令他心累。

    他尝试移动自己的根茎,但地下盘根错节的细条们常常有意无意地往他腿上鞭打。他也常常会缺水,周围的那些眼红者们堵住了他向下生长的路径。

蓝玫瑰不懂为什么要这样折磨他，美便是原罪么？

一只飞鸟的到来打破了这场僵局。

他是纯白的，但头顶被蓝羽覆盖，翅膀的边缘一圈同样有着美丽的舒展开的蓝羽。但此刻，那些羽毛沾上了鲜红的血液。是的，他受伤了。

飞鸟的突然降落，引发了满天星们的窃窃私语。他们欣赏飞鸟那圣洁的白羽，但厌恶那些刺眼的、格外突出的蓝，一如蓝玫瑰。机缘巧合，蓝玫瑰的位置恰巧是离那迫降在墓碑上的鸟儿最近的地方。

蓝玫瑰不想理会这"不速之客"，但周围满天星们的叽叽喳喳实在令他烦躁。

难以忍耐之下，他问身旁那只还在呻吟的飞鸟，"你没事吧，需要帮忙吗？"此话一出，场面迅速冷了下来，那些叽叽喳喳的花儿们都安静下来，看着成为焦点的二者。

因周围嘈杂声音头痛不已的飞鸟感觉好多了，他对这位美丽的新认识的朋友致以诚挚的感谢。

"感谢你的关心，你的话语让我好受不少。我只是受了点小小的伤，请容许我在这主人的墓碑上休息一番。另外，我不得不说，您的美貌着实令我惊叹。城西那边的玫瑰园没有一朵比您更值得赞叹！"

玫瑰园，这令他愣怔了一下，随后又立马回道："当然，请便。谢谢你的赞美。"飞鸟满意地点了点头，他试图与这朵蓝玫瑰再进行交流，但显然我们的玫瑰先生已经陷入了对玫瑰园的思考。

几日过去了，飞鸟的伤好了七七八八，其间他一直与冷清的蓝玫瑰搭话。得力于他的见多识广，玫瑰先生乐意听他讲，并产生了神往。与此同时，当地的奠拜季即将到来，这也意味着蓝玫瑰一年的高光时刻将近，即便这并不是他想要的。

飞鸟想要带蓝玫瑰走，但他同样听到了满天星们的碎嘴，"他怎么舍得走？在这他可有数不清的赞美，怎么会愿意到玫瑰园成为默默无闻的花呢。"他皱皱眉头。

终于，飞鸟在临走前的一天，问他，"你愿意和我走吗？"

"去哪呢？"

"除了这儿，哪都行，玫瑰园是我们的第一站。"

"好。"

话音刚落，飞鸟就找到了所需的所有工具，一根绳，一个装土的杯子，这样就可以带着蓝玫瑰去四处看看了。

休整一天，第二天起飞时，有一个格外早来祭拜牧师的摄影师拍下了这一幕，他起名为 *THE BEAUTY OF BLUE*。

飞鸟爱上了一朵蓝玫瑰，他甘愿被驯服。

闪　耀

任华好

当我谈到了爱情，会想起面粉里揉进了沙子，然后做成谷糠馅子的枕头。

他来了，滴答滴答滴滴答。一秒都不会差。

中午十二时十分，十五分钟前结束了上午最后一堂课，食堂至小红楼的甬道上差不多是清静了，颇为耀目的阳光直射在嵌着鹅卵石的小路上，两侧花坛的影子矮矮地环成一轮，白色石英砂闪闪地发着光。零星可见的不过是几个狼吞虎咽赶着回来做题的学神或是些在门口等外卖直到现在的倒霉蛋。还有，他。

三月末的天气，实在还谈不上暖和，不过草木已然有了渐生之势，冬日坚冰早已消匿，春水润泽了土壤深处的根系，喜鹊和一些不知名的鸟儿不时赶来寻觅些草籽，四周幽浸着泥土特有的、翻新过的、松软的清新，处处都在无声地孕育生机。阳光还不算太烈，春风也和煦，酥倒了人的骨头，撩拨着少女恣意萌动的心跳。平静竟然这么容易就被打破了。

她小心翼翼地掀开窗帘的一角，已经好几天了。也不去和同学吃午餐，只是趁大家都走了偷偷地溜到窗边望着，在一个并不属于她的座椅上，静静地等待着，一会儿对着黑板上的挂表，带着满目的憧憬，局促地瞄上几眼。

分针，秒针，滴答作响。像是心电图上振幅不定的折线，连成串的声音在空无一人的教室里荡着，愈发清晰。厚厚的遮光帘把窗户两侧分成了内外冰火两重天，她潜居在教室的阴影下，窗外明丽的景色凝视久了让她有些目眩。

还好他总是不会迟到的。

作为唯一一个这个时候才会去食堂吃饭的人，她觉得他简直特别极了——冬日里那件迷彩色的斗篷外套，总能把他从一群黑压压穿着纯色羽绒服的男孩子们中区分开来——他笔下遒劲的字体，作文纸的方框格子奈何不住潇洒的行笔——他隐匿在黑色高领衫下长长的脖子，或许《诗经》里"领如蝤蛴"的"硕人"也就不过如此了吧。只是那个时候她还未曾读到过这些诗句，找不到这等精妙绝伦的类比。他修长的手指的筋络，可以流泻出门德尔松的《五号船歌》，也可以汇聚出助羽毛球高速飞驰的惊涛骇浪。他的不羁的个性，他艺术家般的才情，他远远一望便是惊鸿一瞥的与众不同，令她痴迷，羡慕，神往，魂牵梦萦，仿佛一团小小的花火，炸裂在高三时节，万物匆匆的春天，炸裂在少女时代朦朦胧胧的梦里，落地无声却曾是那般闪耀。

他的身影消失在了转弯处，道路的尽头。漂亮的，依旧非主流式的风衣，轻快的步履，意气风发的少年气，与彼日的她是如此地相似——春花烂漫的年纪，不知道天高地厚的一往无前，做风流自赏的三河少年。霍尔巴赫曾说："人对和自己同类的相关物的依恋只是基于对自身的爱。"这话不假，确切地讲，因为从他身上，她看到了久违的自己。

不过，他们都说，他普通极了。这话她当然是不可能信的，即便，她也一样嗤笑过"情人眼里出西施"的愚痴；即便，除去打招呼外，他同她说过的话总计也未曾超过十句。

可能散文诗中的"年少轻狂"就是这么无从解释的东西——每天下晚自习后听一遍 *Gorgeous* 就顿觉整个世界是分外璀璨，有如泰勒·斯威夫特拿到格莱美奖时的着装，连成海洋的碎钻闪耀着迷人的星芒——"You look so gorgeous. There's nothing I hate more than I can't have!"

小路上的人骤然多了起来，男孩儿们三五结对，女孩儿们莺莺燕燕，不时用手遮住正午耀目的阳光。她方才回过神来，放下适才攥紧的窗帘的一边。

她的心思，应该是不会有人知道的吧——说有情人"自古难逃相思的熬煎"，任凭这泪珠儿"从春流到冬，从冬流到夏"，良辰美景奈何天，枉这三春胜景都负了断壁残垣！

高三的春天留不得闲人，朱自清驻足过的荷塘边，她也曾渴望看到一样的摇曳月影。直到凭空走来了位少年。于是海市蜃楼，月逝影散。

其实他什么都知道，只是他什么也没有对她说。因为他也渴望过一样的景色，他更清楚一年之计不等闲。为爱情而疯魔的女子不止会有她一个。比起那些，她也算是特别，但是她不重要。他相信她会明白。旁观者清白。

她明白得属实是有些晚了，在那之前似乎所有人都明白了——她憨憨的同桌发现她时常对着窗口发呆，煞有介事地调笑她是"得了什么相思病"；他和她"共同"的朋友对她的心思一览无余，苦口婆心提醒她"切莫自作多情"；情商高若老狐狸的班主任，从两个班串讲念作文时座下的低低私语中似乎也略知一二。都只是看破不说罢了。

柔顺的春风能把人割裂，切分成极致的欣喜和恣意的痛苦——一开始她只会恨，恨她是女子，不能如兄弟一般大大方方地走在他身边，走在闪耀的小路上，和他一起去吃午饭。既然身为当局者，又怎会明白！

十二点十五分了，该去打球了，教室里放起了《觉醒年代》。辜汤生在骂胡适之，好多人都笑了起来。先生之风本应山高水长。

平常的正午，温暖的春日，明亮的窗外，通向食堂的小路记录着少女闪耀的流年。对的事情恰好发生在对的时间。

三　日

陶悦思

一

这是一个晴朗的午后，如玻璃般通透的蓝天里，没有一丝浮云。虽然没有遮拦，但太阳的光并不毒辣，像是把一层金黄的薄纱覆盖在了大地之上。小城静默着，除了一年里那几次集会，这座古老的小城总是默默地躺在群山的怀抱之中，任由溪水穿肠而过。看不见什么飞鸟和行人，只有时不时的鸟鸣声和小贩的叫卖声。

在溪边的街道上立有一家医院，医院的一间病房内，有位老人穿着病号服，坐在没有靠背的淡绿色的木凳上，手搭着窗台边沿，眼睛望着窗外。他梳着寸头，在白发中还散有几簇黑发和几块秃斑。岁月已经留下了痕迹，老年斑下发暗的皮肤已经皱得像一张被揉弄过的纸。任是谁看到这样一位老人，都会心生怜悯。他也许正经受着病魔的折磨，也许正走在生命的崖边。

医院的窗外并不能让他望到多少东西。隔溪相望的是与溪水平行的街道和低矮店铺，那条缓缓流动的溪水，以及医院这一侧的街道；只是这一侧的街道因为两边店铺的阻挡，所见的只有那一条小巷宽的马路的片段。把头伸出窗户能看到延伸的道路和更多的房屋，但老人却总是站在或坐在窗前，看着这方窗框带给他的风景。

这是一间双人病房，另一张病床从老人来到这个病房为止一直空着。不过今天，这张床的被子就会被掀开，床的两边会摆上水杯和保温桶，床上会躺着一个人。老人使劲闭上眼，再猛地睁开，让自己的意识再清醒一些。也许那个病友是孤独的，也许不会有什么人来看他，他每天只是吃着医院提供的餐食，也许那个病友不太爱说话，他们这个病房还是一样沉默，也许……老人又忍不住往那个整洁的床位望了一眼，随后转回头望着窗外。街道的远处，一只老黄狗摇着尾巴缓慢地经过。

二

老人被一些细碎的声音吵醒——他居然不知不觉睡了过去——他坐起来一看，在对面的床位上，一个中年妇女正和一个青年在交代着什么。那青年看起来刚成年，也梳着寸头，穿着病号服坐在病床上。那俩人发现了老人的眼神，女人道了一声歉，接着便起身离开了。临走前，她向老人问了声好，腼腆地笑笑。

女人和善，但青年的神情看着就有些冰冷。他低着头看手机，看起来没有要与人交流的意思。

"小伙子，你多大啦？"老人扯着沙哑的嗓子问道。

"十八。"

"在哪读书？"

"早不读了！"青年不耐烦地回答。

老人还想问什么，但话到嘴边又咽了下去，这种客套的话让他舌头发麻。室内气氛沉闷了。

三天后要进行一次手术,虽然护士说是成功率极高的小手术,但老人心里总没底,自己这身体,也不知道能不能撑得住手术的折腾。

不知过了多久,也许很短,也许很长。

"爷爷,"青年说话了,眼睛直勾勾地盯着老人,"你说怎么死会快点?"

老人身体一震,脸上却没有什么表情,"你说呢?"

"我也不知道,我也从来没成功过。"青年说的时候头微微上下抖动着,不仔细看很难发现。

"你这么年轻为什么就想要死呢?"

"这你管不着。"青年的身体不再发抖,脸色从阴郁换成一副不屑的表情。

室内气氛又沉闷了。老人就又回到窗前,独自看着外面来往的行人车辆。

三

夜空很晴朗,没有什么云朵,月亮很素雅地挂在天上。老人躺在床上,怎么也睡不着。他把手交叉着叠在头和枕头之间,望着那半掩的窗户外的黑天。老人和青年的床位是面对面,之间用一道白帘子隔着。虽然看不见,但老人的脑海里跳出的那个青年的模样已经足够清晰。老人清楚记得那个青年手腕上的纱布在他偏暗的皮肤上格外显眼。

"这小子。"老人苦涩地笑笑,脑海里又蹦出另一个人的面容,眼泪盈满眼眶,顺着眼角流下。

第二天早上,医生来检查的时候,让老人准备好后天的手术。

"你要做手术啊?"青年说。

"后天做。"

"要是我也得个大病,我就不用做手术了。"

青年还是那副不在乎的样子,但老人没有生气。

室内气氛再次沉闷了。

老人照例又坐在窗前的凳子上,感受着斜射下来的阳光的沐浴。

不知什么时候,青年走到了他的背后。

"爷爷,想晒太阳吗?"

"腿脚不好,走不了楼梯。"

"嗨,这有什么难的。"

不一会儿,他不知从哪推来一把轮椅,把老人扶上去,推着他到楼下的花坛。老人看着青年的手腕,那白纱布包裹的地方又渗出了几点血红。

"别看啦,昨天上午刚划的。"

"你很像一个人。"

"谁啊?"青年挑了挑眉,"刘德华吗?"

"像我曾经最亲爱的人。"

"是谁?"

老人微笑着摆摆头,示意青年把他推到一棵香樟树下的木椅边。老人看到了这条小巷,就是总在他的窗前出现的那一条,这条小巷的尽头也是街道的一段,只是看着这片景色的自己已经不同了。老人坐在轮椅上,青年坐在木椅上。老人背对着木椅,也背对着青年。

两个人都受着阳光的照耀,感受着它的温度。青年受不了光线的照射,闭上了眼睛。

"不要睁眼,太阳在哪个方向?"

青年没想到老人突然这么问，随口含糊一句。

"靠感觉，也能知道太阳在哪个方向。"老人却严肃地说着。青年感觉自己的头顶、脸颊、肩膀、大腿都渐渐发热，他的心也在升温。

"这边。"青年伸出手，指着自己的正前方。

"你睁开眼。"青年把眼睛睁开，看到太阳悬在自己的斜前方。自己的脑门被晒得发烫。

"为什么不想活着呢？"老人认真地问他，但老人自己心里却暗暗发虚。

"你想活着吗？"青年反问道，在阳光下眯着眼睛。

老人不知道怎么回答他，说实话，在刚住院时，他就已经对自己的身体不抱什么希望了，所以好像没有资格来劝这样一个孩子，没有资格来当一个心灵导师。

"回去吧。"老人低声说了一句。

一路上两个人都没有说话。青年在后面推着，老人在前面坐着，任谁看都是一幅爷孙和谐的画面。老人能感受到青年推得很小心，比起出门时的莽撞，现在就变得沉稳了许多。

快到病房门口时，老人听到背后传来了一句话。

"我不知道活着有什么意思。"

老人有一种抢着要去回答他的冲动，但当他看到青年的床边坐着的那个中年妇女时，他抑制住了说话的冲动。想开口又发现自己好像也无话可说，除了那些落入俗套的话语，他什么也说不出来。

在看到青年后，那个女人忙走过来，抓着青年的胳膊，往他自己的病床那边带。护士也忙跑过来，对他们私自出去的行为批评了几句。接着，老人被护士扶回床边，那个妇女把两张病床之间的帘子给拉上了。在视线被完全阻挡之前，老人看到了女人涨红的脸和青年渐渐低下去的头。

四

已经到了晚上，他们之间的帘子从被那个女人拉上后，便没有被拉开过。

"我想让你活下去。"

没有理会对面的沉默，老人接着说："我的儿子，在你这么大的时候，走了。"

"孩子的妈在孩子上小学的时候就过世了，我当时一头扎在外面，想着要挣足够的钱，供孩子以后上得起大学，这是孩子妈唯一的心愿。"

"可是……"老人抹了一把眼泪，整个人在微微颤抖，"他想搞音乐啊，可我不肯，我不让他学……"

"他这孩子，干脆学也不上了，我抽了他两耳光，他就离家出走了，再也没有回来过。"

"你没找过他吗？"青年声音含糊地问了一句，喉咙像是被什么东西堵住了。

"我找啊，找了几十年了，也没有找到。"

"是啊，找不到了……"青年的声音在发抖，"你们永远也找不到我们。"

窗外开始下雨了，雨水拍打在古旧的窗户上。气温下降得厉害，冷风抓住缝隙就往里灌。

"你今天问我，想不想活下去。我的回答是，想。想到我的孩子在脱离他可恨的父亲后，也许能干点自己想干的事情，想到我这一把年纪了，还能每天晒晒太阳，有人陪着说说话，能走出这一方天地去，我就……"

"别说了！"青年低声吼着。

"孩子……"

"求你别说了……"他在哭，被压抑地哭泣。接着，那混杂着雨声的哭泣声放大了，就像一匹受伤的小狼独自在黑暗的原野上怒吼。

五

马上就要手术了，老人在病房里等待着。他望着对面空荡荡的床，回想起早上的一切，说不出一句话。

一觉醒来，老人发现对面的床是空的，床头柜上的东西也没了，青年不知道什么时候出去了。兴许是被接走了吧？老人想着。

可在老人刚迈出病房门想出去透口气时，他看到了那个妇女牵着一个小女孩的手，正往走廊另一端走去。

"请问，你是……?"老人叫住女人。

"哦，啊，您好，我们见过。我是那个孩子的老师。"

"你这……"

"我父亲也住院了，所以我常顺道来看看那个学生。"

"哦哦。"老人点点头，换在平常他一定会慈爱地看着眼前这个小女孩，会说一句小孩真俊真乖之类的话，但今天他没有这样的闲情。

"那孩子是出院了吗?"

"嗯，今天我给他办的手续。我本来想送他回去，但他自己走了。"那老师微微叹了口气，"这孩子从小没了爹，娘又跑了，家里只有一个奶奶，虽然他退学了，但我还是放心不下他。只是他这孩子，总是和我对着干……"

后面的话，老人已经没仔细听了，匆匆作别这位老师，他就回到了自己的病房。在那把已经掉漆的淡绿色的木凳上，他继续坐着。

　　护士推着担架床来了，老人的心怦怦直跳，他担心自己接下来几个小时的命运，更担心那个青年。也许，自己再也没有机会见到他了。这样想着，老人也就认命般地闭上眼，躺在移动着的担架上，心里默默地祷告着。

　　就在将要进入手术室时，他听到了一个年轻的带点沙哑的声音。

　　"爷爷。"

　　接着，他扭头便看到不远处站着的那个梳着寸头的青年，微笑着……

年　岁

王　萌

　　熬过白雪皑皑，迎来爆竹声声。除夕守岁，初一拜年，这仿佛就是我所理解的"年岁"的全部含义。它的概念停留于冬春之交的寒意，停留于每年春节时的热闹，停留于团聚与相守。

　　可是这一年的春节，我却读出了另一种解答。

　　爸爸同往年一样腊月底才回家，家里总是潮湿而阴冷的，外婆家都是用炭火取暖。黑木炭在引火柴燃起的火焰中渐渐变得红热，当木炭都烧得通红时，门窗紧闭的屋内总算有了一丝暖意。

　　年底是一年之中难得的团聚时光。我们一家人围在炭火边畅聊——话题也许从爸爸的工作聊到我的学习，也许从外公外婆的身体聊到妈妈的厨艺。这些生活的碎片，我大多不曾亲眼见到，却在家人们只言片语的回应中，重现了这段我抓不住的时光，弥补了些许遗憾。

　　家人们伸着双手在火盆前烤火取暖，我盯着炭火神游，依稀觉得炭火烧得太旺了，有些闷，便用火钳翻了翻炭。忽然间，屋外的鞭炮声不绝于耳。外公也出去放鞭炮了，乡俗中，这是庆祝新年也是祈祷丰收的方式。

　　厨房里，外婆在做午饭，妈妈帮她烧火，毕毕剥剥的烧柴声是伴奏，水烧开的咕咕声也是伴奏，锅铲与锅的摩擦是主唱，腾腾热气是音符……这样的一场音乐会，反而少见。饭桌上丰盛的饭菜也许外公外婆每年也只吃上这么几次，他们最朴素的想法就是让回来的子女们吃上好吃的，尝到"家里的味道"。

晚间，外婆拿着火钳往火盆里添炭。暖意袭人，困意也袭人。我靠在椅子上睡着了，一直到炭火要烧完的时候才醒。

只看到火盆里微弱的火光，还在散发着丝丝暖意，手得凑得再近些才能感受到。中午觉得烧得旺的炭火现在已经化作了灰烬，最终火彻底熄灭，连零星的火光都见不到，我却想起它在引火柴下毕剥一燃的光景。

"年岁"仿佛也烧尽在这盆残灰中。

离开外婆家时，我坐在车上看着所有远去的影子：庭前的池塘被填平砌成了水泥地，可它在我心底依然是那口处处蛙声的池塘；庭前的樱桃树、梨树都被恶劣的天气扼杀，可它们在我心底依然葱葱茏茏；庭前目送我们离开的外公外婆脊梁越来越弯，头发从花白变得苍白，可在我心底他们依然是儿时抱着我、背着我东家走西家串的阿姆阿爹……

树影人影都逐渐变得模糊不清，眼眶也逐渐湿润。

这里有三代人的守望：少年人盼着离开，盼着自由；中年人盼着回来，盼着陪伴；老年人盼着留下，盼着温情。

"年岁"是父母老去的年岁，也是儿女长大的年岁，是光阴在所有人心中刻下的一道痕迹。如果年岁还有其他的意义，我想，那便是光阴在难得团聚的时光里为所有人敲响的钟声。儿时盼着它快些，总是忽略了父母；后来盼着它慢些，希望它善待父母。也许"年岁"是想告诉你，快些珍惜……总是，迁延蹉跎，来日无多，衰草枯杨，光阴易过……

我听过新年的钟声在万家庆贺里一遍遍回响,我看过嗞啦的烟花棒画出一个个光圈,我感受过炉火里烧得通红的炭变成一片片灰烬……

我想挽留住这所有美好的时刻,看年年岁岁人人依旧。

偷偷喜欢你

谢钰湘

　　我戚汐，今年十九岁，很多人都说我五官清秀，个高腿长，声娇体软，妥妥的一个小美女。

　　对此，我照了照镜子，嗯，好像确实还不错。

　　更别提我的名字了，"戚汐"不就是"七夕"吗？齐齐整整一情人节的名字啊，多浪漫！

　　按理来说，我早应该谈过几场甜甜蜜蜜、轰轰烈烈的恋爱了。但偏偏，我就是母胎单身了十九年。

　　你要说没有人追我吗？那自然是有的，我上大学以来就被搭讪要微信好几次，但我偏偏一个没给，全都干脆利落地拒绝了。

　　用我自己的话来说，那就是：

　　"智者不入爱河，建设美丽祖国。争做勤劳富婆，幸福小康生活！我要做一个有理想有抱负有担当的时代青年！"

　　听不懂？好吧，那就直白点，那就是我没有瞧上他们，觉得不合眼缘。

　　没错，美女是拥有选择权的。

　　我本以为自己的大学生活就会这样过去，毕竟虽然自恋了点，但是我清楚，我就是人菜眼光还高，估计想要找到一个合眼缘的是很难了。

但是，万年铁树也会开花的啊！这天，我在下课后前往食堂的路上，遇到了我的爱情。

你是一个怎样的男生呢？

帅气那肯定是帅气的，但是要说你真的帅到了那种可以让人一见钟情、惊为天人的地步那倒也不至于。只是你的五官恰好每一处都长到了我的审美点上，那张脸瞬间直击我的心灵，让我瞬间沦陷。更别提你那白皙的皮肤了，妥妥地让我羡慕。

可是你走得很快，再加上下课人多，一会儿你就从我的视野之中消失，我也没来得及去要个联系方式。

瞬间满满的失落感涌上了我的心头，毕竟大学校园这么大，再次遇到同一个人的可能性实在是太低了。大多数的时候，得到的结果只能是萍水相逢，互不相识，最后在时间的作用下遗忘。

可是我不甘心，十九年来遇到第一个让我这么心动的男孩，我真的不想放弃。

于是啊，原来两耳不闻窗外事、一心只读圣贤书的我在下课或者是走在路上的时候会频繁地四处张望，期盼着可以再次见到你。

可是几个星期过去了，你的面容在我脑海里渐渐地模糊了，我依然没有再遇见你。

是不是，再没有可能了呢？

老天爷啊，如果你听到了我的声音，请让我再见他一面吧！

或许是我内心的期盼与祈祷被上天听到了吧，一天下课，还是去食堂的路上，我终于遇到了你，不过这次你是与另一个男生走在一起。

瞬间,我的内心兴奋激动得要爆炸!

我想要不顾一切地冲上去,向你要联系方式,可是离你越近,我就越怂!

原来理论与实践的差别这么大,万一你拒绝了我怎么办?万一你有女朋友怎么办?无数的问题萦绕在我的心间,它们都在劝退着我,一点点地磨蚀着我的勇气。

最后,我还是没能鼓起勇气走到你面前,只好放慢脚步,不远不近地跟在你的身后,像个猥琐的痴汉一般偷偷地看着你,尾随你进了食堂。跟在你身后到你选择的窗口打饭,坐在离你不远不近、却又确保可以看见你、你也能看见我的位置坐下。

我坐在座位上忐忑不安,紧张得手心冒汗,既希望你能够注意到我,又不希望你能注意到我,因为我不知道如果你看向了我,我该怎么做,会不会紧张得手脚都不知道该如何安放。我偷瞄着你,观察你。不过一顿饭吃完,你也没有看向我这里,既庆幸又失落的感觉交织在我的心间,一时我也不清楚,我是应该开心还是应该难过。

吃过饭,你们要走了,我赶紧收拾好东西跟在你们身后。令我惊讶的是你们最后进的宿舍楼就在我所在的宿舍楼的对面!这一发现让我又重新激动起来!

距离这么近,或许还是有希望的呢?近水楼台先得月嘛,不是吗?

从那以后啊,我的内心有了一个小秘密,不能让任何人知道的小秘密。

少女心动就像仲夏夜的荒原草,割不完烧不尽,长风一吹,野草就连了天……

我常常在夜深人静的时候思考如何与你偶遇，思考如何让你注意到我。我会去上网搜怎么样追到一个男孩，会从网络上的暗恋文里寻找经验与信心。毕竟呀，言情小说里的结局大都是美满的，这也给了我一种错觉，一种我也一定能和你在一起的错觉。

从小一起长大的发小与闺蜜们在上了大学后也早有了男朋友，我想，她们一定比我有经验。

我便常常旁敲侧击地问她们是如何与男朋友在一起的，是如何相处的，渴望从她们的爱情故事中窥到一丝我与你的可能性。

我像个在沙漠中迷失方向并干渴于这片荒漠时忽然发现了一片绿洲的人一般，疯狂地寻找着能够与你有所交集的一切可能与机会。

我开始越来越关注你，知道了你住哪里以后，我们似乎遇见的也更多了。虽然每次都是我看见了你，而你的眼里没有我。

但这并不影响我的热情，我渐渐地摸索到了你上下课的时间，于是便经常在你可能会出现的时间点在路上假装散步，或是在下课后寻找你的身影，等待着你的出现，只为营造一场偶遇。

我不断给自己洗脑打气，总是告诉自己，戚汐，你可以的！

或许，只要我多出现在你的视线里几次，加深了印象以后，你就会记得我、开始注意我了？

一切皆有可能，不是吗？

我因喜欢上你、能够时不时地遇见你而欢喜，也因这么久了我与你之间还是陌生人而烦恼。

至今，我还不知道你的名字、你的专业，我只能看见你，却不了解你的所有，这样一看，我与你之间的距离真的好遥远，好遥远……

不过令我庆幸的是，你一直都是跟你的朋友一起走，你的身边我没有见到过女生。

发现这件事让我开心了好久，在半夜里我躲在被子里偷笑，打滚，开心得像个傻子。但同时我也害怕，我害怕下一次在路上遇到你，你会牵着一个女生，会对她温柔地笑……

光是这样想想，我就控制不住地难过。

每次看到你，酸酸胀胀的感觉就盈满我的心头，又甜又涩的，让我不知如何是好。

既想要靠近你，但是一旦稍微靠近又有些许的心慌；不敢抬头看你，在你视线扫过时会下意识地低头假装做自己的事，直到感觉到你视线转移开，才敢悄悄松口气。

你不知道，我每次都假装没看见，却用余光看了很多遍。

你不知道啊，每当你看向我的时候，我都在假装看着别处，好像认真地做着一些重要的事；而每次你看向别处的时候，我都在看着你，我的眼里有的只是你。

暗恋，真的是一件甜蜜又烦恼的事情呢！

我想，我应该鼓起勇气，毕竟如果不去努力，谁也不知道结果会怎么样，不是吗？

可是道理是这样，我却真的没有付诸实践的勇气。

喜欢一个人是真的会让自己感到自卑的，以前听别人这么说我不以为然，等我自己亲身面对这种情境的时候我才发现，真的是这样的。

在喜欢的人面前，你会将自己的美化滤镜用在他的身上，他的优点会被你不断放大，你在他面前总是会忍不住自惭形秽。

而这，似乎在我身上表现得淋漓尽致。

哪怕以前的我再自恋，再胆大，在你的面前，不，甚至还没有走到你的面前，我就已经失去了所有的勇气。

面对着你，我总是有进一步的冲动，却没有进一步的勇气。

我怕你知道我喜欢上你，却又怕你不知道我喜欢你。

因为喜欢上你，一向不在意自己形象的我，开始学着打扮自己，努力想让自己更漂亮些，更亮眼些，让你能在我有意无意地出现在你的视野中时视线在我的身上停留得久些。

室友们发现了我的变化，调侃我是不是春天来了。我又羞又心虚，只好假装镇定地表示，自己只是突然地想要改变一下自己罢了，没有其他原因。

看吧，我就是这么胆小怯懦，连承认自己有喜欢的人也不敢。

我感觉自己就像个卑劣的偷窥者，窥视着你的生活，在你不知道的角落里偷偷注视着你，却永远不敢真正地走到你的视线中央，让你真正地看到我，只能祈求你能够有那么一丝可能地注意到我。

我期待每一次与你的不期而遇，却不曾鼓起勇气走向你。

或许是因为我的胆怯和懦弱吧，我失去了与你的任何可能。

这天，还是与往常一样，我将自己尽可能地打扮得精致漂亮，想要营造一场偶遇，我也确实遇见你了。

我遇见了你，你牵着一个女孩的手，两个人谈笑着，你宠溺地看着那个女孩，从我的身旁路过。

那一刻，

我感觉，你，仿佛从我的全世界路过……

我顿住了脚步，回过头，愣愣地看着你们，那看着是个漂亮开朗的女孩，你们看起来很幸福，很幸福……

无尽的酸涩感涨满我的心头，看着看着，我的眼眶也不经意地红了。此时此刻，我无比地庆幸，庆幸这时路上无人，没有人注意到我的狼狈。

你不知道，我有多羡慕那个女孩，羡慕她能够光明正大地走在你的身边。

因为有所期待，所以才会失望。

偷偷喜欢你这么久，差点都以为你是我的了。

我不知道自己是怎么回到宿舍的，只记得自己爬到床上，拉紧床帘，躲在被子里无声地大哭了一场。看吧，我是这的胆小，不敢让室友们发现自己的暗恋，更不敢让她们发现这场暗恋已经无疾而终，连哭都不敢发出声音。

盛淮南喜欢洛枳，全世界都知道；而我喜欢你，没有人知道。

言情小说里的故事给了我太美好的幻想，童话里的故事都是骗人的。一场感情的成就需要双向的奔赴。

而暗恋，是一个人的兵荒马乱。它是紧握手中的扎人碎片，很痛，却不敢说。

现实世界中几乎不会有人愿意等你那么多年，也不会有那么多的机会给你。机会是有限的，如果不把握，那或许，就只能错过。

我的胆怯和懦弱，使我没有把握住机会主动出击，所以，就连那一丝的可能也丧失了。

现在，我需要时间去消化如今的结局，这或许也是给我的一次警醒。

等我真正放下了这段时间的一切，那时候，我应该就能释然地说出：

再见了，我暗恋的男孩。

或许，我也可以释然大方地到你面前告诉你：

你好，我叫戚汐，我曾……

偷偷喜欢你。

第一万次追她

邢子善

1

"我就是小毛病,很快就能出院了,你赶紧回去,待这么久公司那边要说的。"

风儿将米白色的窗帘轻轻吹起,密匝匝的阳光穿过树叶的空隙,将斑驳的光影洒在病床的一角。

我笑了笑,将削好的苹果递给她。

"我辞职了。"

"回来照顾你。"

2

我爸是修路的,不是工程师。黝黑的圆脸添上高原的一番风霜,透了许多紫红。他的手指又粗又圆,皮肤皱巴巴的,像桂树皮。常年戴一顶黄帽,土得掉渣的颜色,修青藏铁路。

我们一家三口住在职工宿舍里,外皮掉漆内部昏暗的碉房。密密麻麻的竹竿上,挂着五颜六色的汗衫、内裤、胸罩。风吹过来的时候,衣物泛黄渍出的黑斑扎眼极了。下工的男人在傍晚陆续归巢,煤油灯光从一个个四方形的小窗口里跑出来,夹杂一些没亮的屋子，远看，像大大的五子棋盘。

3

我爸我妈是为吵架而生的。从我记事起，家里的锅碗瓢盆经常漫天飞，哐当哐当的声响，伴随着举步维艰的情绪，被躲在衣柜里的我不断捕获。两个人的怨气在逼仄的房间里不断升温，零星的火苗不断聚集，仿佛要烧毁整一幢楼。然而，我们的不幸，浮游在世界的千万种苦难中，显得渺小无力。

"你管我们母女俩死活吗？你口袋里那点钱都不够自己吃，还跑去和那些二十出头的小孩赌博？他们不需要顾家，你呢？你知不知道自己还有一个快上学的女儿？还是你希望她死乞白赖一辈子，像你一样？"

那天风很大，妈妈扯着嗓子说完这些话，湿着眼眶从屋外进来，像往常一样，喝口水，也没看我，钻进被子里。我趴在窗口，看夜色下的爸爸。烟雾遮住了他的脸庞，我看不清他的表情。良久之后他掐掉烟蒂，揉了揉眼睛，走进屋。门缝里溜进来凉风，燃油灯里的火苗被吹歪了，斜成一条细细的线，我的眼角渐渐湿润。

他最后说，你带她走吧，我对不起你们。

4

妈妈带着我一路南下，窗外的气温逐渐升高。

我站在检票口等妈妈，一双双鞋从我面前踏过。"啊，好漂亮的水晶鞋。"我抬起头，和它的主人四目相对，这个女孩，好像商店里的洋娃娃，白白的皮肤，蓬蓬的公主裙。她的嘴角扬起半月形的弧度,我眯着眼睛笑了笑,和她招手。

"我要是也能……"

"想什么呢,赶紧走。"妈妈推了我一把,递来一张沾着她汗液的地铁票,顺势扯过我手里的布袋,拖着往前走。

我恍过神来,小步追上她。

"妈妈,我们去哪啊?"

"妈妈,我刚刚看到了一个穿公主裙的女生,她……"

"你最好安分一点,不然就滚回去跟你爸。"她停下来,瞪着我说,"你是个什么家庭?饭都没的吃,还想着公主裙?"

我低下头,咬了咬嘴唇,又重新跟上她。

5

我们拐进一条小巷,电线杆杂七杂八的。

"来了,来了。"老奶奶的声儿从木门的另一头传了出来。门打开了,她看了看妈妈,又看了看妈妈身后的我。她的泪珠一点、一点,冒出来,扑通扑通,像是小金鱼吐泡泡……

"妈,谁啊?"屋里传来声音。

"没呢,没谁。那……"

"哦。"

"我要喝水。"

老奶奶把泪抹干净,匆匆赶回屋里。

"妈妈,这个奶奶是谁啊?"我轻轻地戳了戳她的手,小声问道,"我们可以进去坐吗?我的腿好疼。"

"妈妈,妈妈。"

她还是不说话,一动不动地站着。

老奶奶拉开半掩的木门,从屋里出来,手里不知道攥了个什么东西。

"我、我靠,这水真烫。"屋里传来声音。

砰。木门合上,我们站在楼道间。

"你哥他赌博,欠了好多钱,高利贷的每天都会找上门,街坊邻居都像躲瘟疫一样躲着咱家。"她握着妈妈的手,泣不成声。"拿着,妈这几年偷偷攒的。"

我下楼的时候摔了,还没来得及哭,就得爬起来追妈妈。她拖着沉甸甸的麻袋,还是走得好快。

可是,我不明白,她们为什么哭,而烂皮信封里装的,又是什么。

6

妈妈工作很辛苦,白天做清洁,晚上到后厨洗碗,也打一些零碎的钟点工,什么粗活都干,手磨出血、磨出茧子。我跟着她到处跑,三教九流,面对这个千姿百态的世界,我学会了乖巧地和大人打交道,该讲话的时候讲话,该沉默的时候沉默。

我们租了间十平方米的出租屋,只有一间公厕。厕所常常堵,排泄物浮在水坑表面,还有浸久了露出窟窿的手纸。我妈咬咬牙,想着我跟着她跑了一天,怎么也得收拾收拾才能上床睡觉,她冻得通红的手里拿着铁棍,水滴从湿漉的手背上滑下来,滴满长长的走廊。

7

我小学那会儿,冬天冷,学校八点钟才上课。我妈上班早,鸡都没鸣,窗纸稍有点白,我就连拽带拖地被拉下床。我时常困得想哭,但是又不敢,我怕挨揍。我小心翼翼地,尽量不让我妈逮到打我的机会。

我上学,二十分钟的路程。我妈大步流星,仿佛这天寒地冻与她无关,我在后边使劲搓着冻红的小手,小步跑着追她。她把我搁在乌黑的校门前,把饭一塞,就去上班了。我看着满天的碎星星,直到云层被拨开、露出一点光的时候,我就走到离校门有一段距离的地方,又从那往学校走,大大方方地揉揉自己的肚子,假装自己刚吃完热乎乎的面条,惬意地来上学。

那会儿有午休,有的小孩回家吃饭,或者家里人给送盒饭。我的午饭总是妈早上就做好的,到了中午饭早就冷了,还往外渗油。我就随便挑着点吃。她焦头烂额的时候就塞几张零钱给我,薄薄的纸卷在口袋里很能往下沉,连带着把背都押直了,步子迈得都比平常宽一些。我拿着零花钱往小店里钻,东看看西摸摸,冬天衣服厚,我眼珠子咕噜转儿,就往衣服里塞点东西。

我也没觉得有啥负罪感,就一点,不过我的满足感比它多太多了。那些小孩都围到我边上,两眼闪着羡慕的光,我瞬间就成了人群焦点。

不过其实好景不长。啥也逃不出我妈的法眼。她在家暴打我一顿,然后把我从家里往外拽,像主人要把小狗从骨头边拖走似的。在小店里,她从塑料袋里倒出零星的、缺盖子掉漆的笔、八音盒,还有说不出名的一些稀奇古怪东西,把钱都付了,她就走了。我愣了几秒,把桌上的东西装回袋子里,快步去追她。

我追上她,扯住她的衣角,"妈妈,妈。"我止住了,不知道往下说什么。"再有下次就别叫我妈了。"她甩掉了我的手,冷冷地开口。

天底下所有小孩的成长各不相同，在我妈的冷眼相待下长大，一阵又一阵的心悸堆叠成小山，受过的伤也一遍遍结痂又愈合。不知道从什么时候起，那些所谓的孤独、冷落和委屈，都被我不动声色藏进了心底缝隙里，逐步消化成我的孤僻、自卑与不合群。

8

我再长大一点，不爱说话，屁股从座位上挪起来，都只是放学回家而已。我同桌是个戴眼镜的男生，说话会结巴、不敢正眼看人，有传言说他爸吸毒，他老被打，精神有问题。他学习很刻苦，但一直不见起色。

或许是骨子里都很自卑，所以会彼此珍惜，想要维护对方的尊严。

初三第一学期的期中，他考了年级第四，这次是正数。风声雨声，以讹传讹。

"我听说他爬进主任的办公室里偷试卷了。"

"不是说他爸吸毒吗，什么样的家庭有什么样的孩子呗。"

"之前那强奸案是不……"

啪！注意到他拿笔的手颤得发抖，我实在是忍不下去了，巴掌拍在了桌子上，"你的嘴怎么这么贱？"

"关你什么事啊？"中间那个女生甩开旁人的手，冲到我面前，对着我的脸说，"还真是惺惺相惜，一个没爸的，一个爸吸毒的……"

啪！这巴掌，扇在她脸上。她冲上来推倒我，揪住我的头发，我继续扇她。两个人在地上扭成一团。

打完了，办公室也热闹了。

我妈匆匆赶过来，一进门，啥都没说，就扇了我一巴掌。众目睽睽下，我被扇晕了，重心不稳，撞在门上。她扯着我给大家道歉，一直鞠躬，连声说对不起。

离开办公室，她依旧走得很快，我含着眼泪追在她后面，一路上嘴唇绷得发白，脸上还有红得出血的巴掌印子。

她拿了个保温盒子，赶去上班。我窝在家里，昏暗暗的，也没饭吃。夜里她回来，我就像馊掉的橘子，烂死在桌上。

那时候我想，人死并不哀伤，至少比不上活着哀伤。

9

从那以后，我和我妈之间的冷战达到了绝对零度。

在这样味如嚼蜡的日子里，我选择一再忍让、埋头苦读，唯一的动力就是考去北京，离开我妈。像我这样的人，改命的唯一方法，就是考上好大学，出人头地。这样，或许人生可以彻底翻盘。

我考上了我们市最好的高中，又埋头苦读了三年。

三年后，我拿到了北京大学的录取通知书。我在心里落了眼泪，喜极而泣，不为别的，只是感慨，这么多年，我终于可以摆脱我妈的魔爪，离开这个阴沟一样的地方。

我回到家，从一大摞书里抽出那张录取通知书，面无表情地递给她。她的眼角露出了微微的笑意，皱纹堆挤在一起，宛如植物的根系一般，爬满整个脸颊。余光中的她，是真的老了。

10

大学四年，我很少回家。我用同样的时间去学双倍的课程，课余拼命打工，我偏执地以为，远走高飞以后就能不再依靠我妈，但事实上，生活比我想的困难多了。在我被压得最喘不过气的时候，我妈来了，带着一大沓钱，大票小票都有，这是我们母女之间的默契。

我事先并不知道。当她拿着这一沓钱出现在我面前时，我不知是喜是忧。如果说喜，那是长吁一口气的释怀。可若是忧，便是拼命收集的倔强被击得一蹶不振。她把烂皮信封塞到我手里，像十多年前的外婆那样，"死丫头，跟你爸一样没良心，连家都不回一趟。你以为你翅膀硬了是吧？你飞一个我看看？"她骂骂叨叨的，说完转身就走。她年纪大了，却还是走得很快。我追上她，扯住她的衣角，"妈，那、那啥，你……你吃个饭再走吧。""我买票了，你自己吃吧。"她松开我的手，头也不回地走了。

"等我挣钱了，一定还给你。"我看着她远去的背影，自言自语道。

11

毕业以后我留在北京，不为别的，只是想证明给我妈看。生活在同一个屋檐下的时候，我们之间就很少交流。如今隔了几万公里，嘘寒问暖的事情显得更费力。我定期给她汇生活费，而她会原封不动地打回给我，可下个月我还是照汇不误。母女俩，一个模子刻出的倔强。

我天真地以为，只要我离开她，就会过得好一些。但实际上，上天在设计这条母女链的时候，就已经用血缘枢纽牵制住了所有。

那天下点小雨，我和往常一样下班回家，接到一个陌生电话，电话归属地是那座熟悉又陌生的城市。我皱了皱眉头，点了接听。

"欸？是小郸吗？我是你妈妈的同事，她干工的时候不小心从楼梯上摔了下来，被送进医院了，现在要准备做手术了，你……"

听筒里的声音逐渐模糊，我奋力地跑，迎着雨，这是我第一万次追她。在车和人的洪流中，雨水和泪水相融，浸到舌尖。

我搭最近一班的飞机赶回，一路上猛跑。病房的门把手在我的手离开后，微微上提，在静谧的空间中发出了不和谐的声响。我慢慢地走近她。凌晨时分，天色很黑，窗外的霓虹灯闪耀着奇妙的黄光，映在她年过半百的脸庞上。她双目紧闭，微皱的眉头收集了大地上所有的寂静。光忽明忽暗地晃动着，而她一动不动，岁月把她身上的火气败得一丝不剩。我出神地望着她，就好像在拥抱五味杂陈的时光牢笼。

站了很久之后，我紧闭的嘴唇微微打开，一个字一个字地，含着泪。

"妈，我回来了。"

故人往事

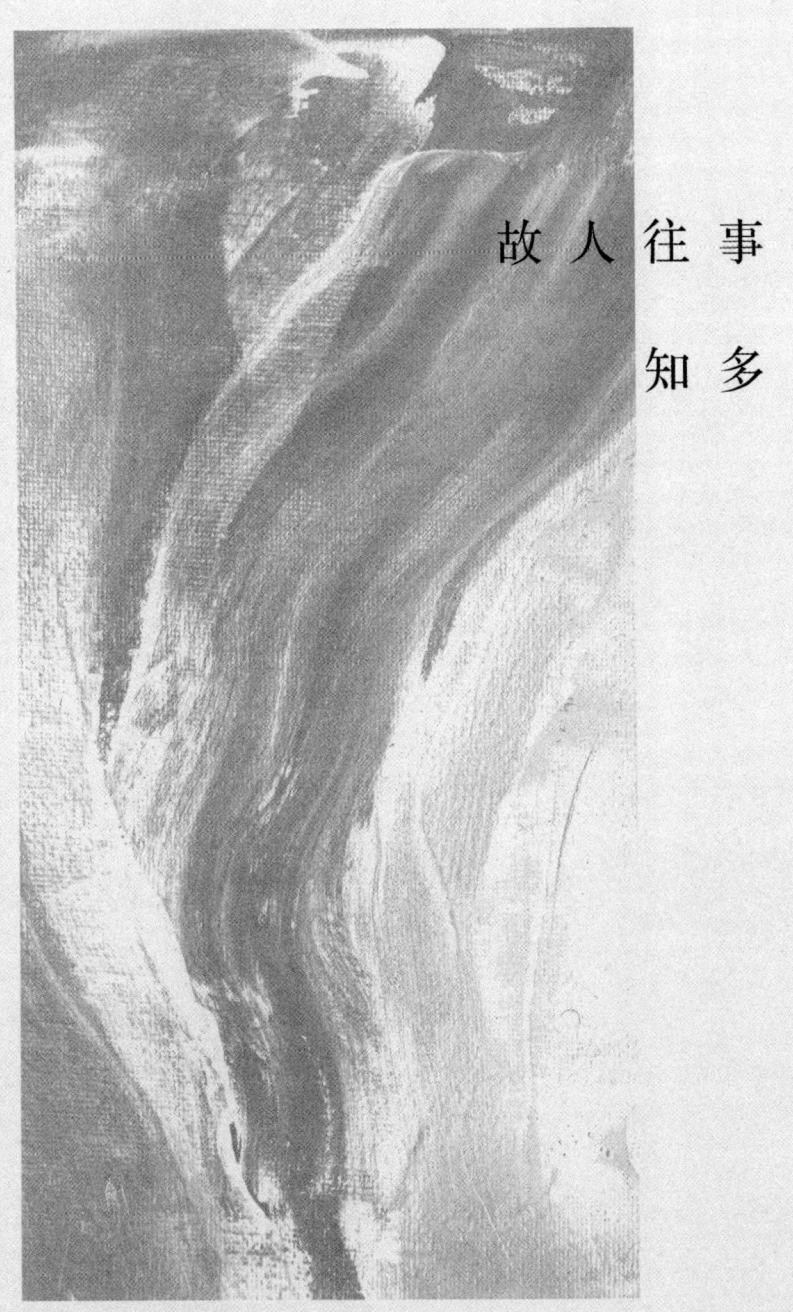

知多少

我的奶奶

胡锦添

　　搬家后这几年，我发现奶奶最爱说的一句话——不是阿（我），阿不晓得欤。

　　妈指着一盘辣椒炒肉问，今天的菜怎么这么咸？奶奶正一小筷一小筷往嘴里刮饭，不是阿，阿不晓得欤——小飞（我爸的小名）炒的菜。花盆旁边的剪刀又不见了，四处找不着，爸有些生气，这儿剪子又哪去啦？奶奶挺起胸脯，大声应道，不是阿，阿不晓得！我说，奶，下次做饭记得饭勺子别放灶台上，不卫生。不是阿！我知道，我只是提个醒——不是阿！——我知道我知道，我没说是您——不是阿！我气笑了，看着这个才到我肩膀的老人理直气壮的样子，真是拿她没办法。

　　这是一种恨不得万事与我无关的态度，仿佛又有些"明哲保身"的意味——奶奶现在很胆小。或许一直以来就是这样？我不知道。从前我好像一直没想过这些事。

　　我被奶奶从小带到大。爸在外省做工程，一年到头见不了几回面；我妈白天上班不回家，其实我跟奶奶处的时间最长。这天要是天气好——天气往往不赖——祖孙俩就在晚饭后出去散步。一高一矮披着淡紫色的天走出家，在河堤边找到等着我们的大姑小姑。三个大人边走边聊，只会翻一些陈年旧事。她们自己总觉得说得有意味，但我不爱听，挽着奶奶的手臂，自顾自地做一些幻想。想什么呢？我在鉴宝类电视上看到过一块玉佩，首部乌紫色，尾部碧绿，中间是一段油脂白，大概雕成个麒麟还是貔貅的样子，晶莹剔透，浑然不俗，漂亮极了。我腰间别着它，提剑闯天下，还不忘捡到一本秘籍，开始苦修神功。习得神功是很累的，可幸我刚好是一个日夜勤苦的人；神功哪能一口气学会？我一定是一层一层地突破，对，我得给这套功法的每一重境界取个名字……大姑随手从路边的草丛里抽起一根狗尾巴草，剥去茎底的细叶，用它剔牙。于是我又开始摘狗尾巴草，一路摇来摇去，玩腻了，把它扔到脚底。

我很懒，只要和奶奶出门，一定紧紧挽着她的胳膊，整个人几乎挂在她身上，半倚半走。

对岸的林子已经糊在暮色里，传出几声稀疏的鸟叫。我走得累了，有时也是实在太过无聊，就把头枕在奶奶肩上（那时候我个头还没蹿起来），闭上眼睛。晚风吹来河边水藻的香气，抚着脸很舒服。我边走边睡，两条腿不使劲地前后扑腾，只管让奶奶挽着我往前走。奶奶的脚是年轻时走遍四季田地的，她的胳膊是挥动着做过包子、饺子、豆腐和煎饼的。现在一步一步走得很稳，一座山似的扎在大地上。

冬天早起上小学，觉怎么也睡不够。奶奶帮我穿秋裤，裤腿塞到厚棉袜里，我就可以闭着眼，偷一会儿觉。梳头时，窗外天是黑的，我眼皮重得睁不开，任由奶奶用黄木梳子把我的马尾辫梳得又紧又高，把头发梳得光滑圆溜，一根乱飘的头发丝也没有。吃午饭时，我看动画片入迷，她在一旁一口一口喂我吃，跟带小孩一样；要么一大一小对坐，两道菜，偶尔三道，默默地把饭吃完。有时候奶奶把碗端到电视机前，她看，我就在桌上边吃边听。我们就这样吃两个人的午饭，吃了十二年。

等到我要读高中，全家搬到学校附近，奶奶原先那些整日聊天的老姐妹散了。她天天在院子里闲不住,和姑姑们在几里外的田里开了块菜地。

我不用奶奶帮我穿衣服去贪那几分钟觉了,也早学会了自己梳头,但我们依旧经常两个人一起吃饭。我才惊奇地发现,奶奶吃饭,先把碗面上的菜全部小口吃完,再一点一点地吃白饭,夹几筷子菜,专注地吃完,再吃几口白饭,周而复始,直到碗底的最后一粒米饭入了肚。她吃得从从容容,甚至有些慵懒,简直就像喝白开水,像走累了停下来歇歇脚一样,平平淡淡。这在我们把肉菜饭搅在一起,还要拌汤汁吃得"嗦嗦叫"的人来说,是不能理解,觉得无趣的。有时候她吃了半天,突然停下来,用筷头虚空一点,笑着说,这道菜好吃吧?阿吃了好多哩——我才知道原来今天的饭她吃得很有味。

奶奶一天只开一次火——她只会在午饭时炒菜。晚上,吃中午没吃完的。早上?吃头天晚上没吃完的呗。除了来客,我们家不动第二次灶。我从小到大也没觉得哪里不妥。

有一回,奶奶把昨晚剩下的一点豆豉炒辣椒、菜油,和着大姨新送来的黄鳝一起炒。爸嘴里鼓鼓囊囊地嚼饭(他吃什么饭都很香,动静又大),鼻孔里直叹气,觉得可惜很了这野生的鲜黄鳝。有时候又绵又甜的土南瓜里撒了一把碎花椒,使我又惊讶又不甘。奶奶的意思不过是,买来的那罐花椒总得用一用。奶奶做的红烧鸭顶好吃。她炒的白菜,煎的鱼,烧的猪肚,总是让自诩做菜颇有造诣的老爸自愧不如。奶奶做菜,是"乱打架式"的。

奶奶做事,也毫无章法。她把洗碗布随手扔在倒菜的脏槽里;在电饭煲里卡一个小三脚架,边煲饭边在架子上热昨晚的红烧肉,弄得米饭半生不熟,还夹一股剩菜味;她不肯用洗衣机,双手又拧不干衣服的水,穿的衣服多少总透着一股奇怪的气味；她时不时眼睛亮晶晶地跟我嘟囔什么"做实验做实验"，是她在哪个附近的老太太那儿听到的菜方子，又懒得下足功夫，舍不得用足料，没有试验出过什么成功的菜品。幸好，她从头到尾都做得兴冲冲的，这就蛮好。爸妈看到了，总希望奶奶把一些糊涂的习惯改一改。这些有的是因为那个年代人的习惯，有的是因为记性不好，精神不灵敏了。奶奶为什么要改呢？人老了，随心所欲一些，比小孩还自在，比小孩还自由。大家看到什么，最多笑一笑吧，这就可以了。

奶奶还没有活到那种懵懵懂懂的状态。她在饭桌上，会突然把嗓子压到极低，凑近你，一副揣着大事的神态，眼睛还不忘四处瞥一瞥，等送到耳根一听，不过是隔壁谁家儿子在外打架啦这类的事。我疑心这是那个年代留下的谨慎毛病。她心里有一本账，这个月哪家老人走了要随钱，哪家结婚的要送礼，谁在爷爷住院的时候来看望过……于是两百、四百、六百地给出去，她得算得清清楚楚、不偏不倚。她绝不肯多花一分冤枉钱，但该花钱的人情事理一件也不落下。大家只说我奶奶省，断没有人会说她抠。奶奶肚子很大，但腿竹竿样细，走在路上依旧挺胸抬头（故去的爷爷，我爸，我，走路都是驼着背）。她跟别人说话总是含着一点慈祥的笑。

汪老给年近七十的自己题了四句诗，开头两句是：近事模糊远事真，双眸犹幸未全昏。奶奶八十了，以前的事记得很分明。她年轻时在农场射击比赛里得过花木兰奖；厂里评先进个人总有她的份，上面提她做干部，她觉得这里面的事不好办，要分寸，辞掉了；爷爷叫她辞了厂里的活，专心照顾孩子，她认定得靠自己养自己；奶奶现在还记得我七八岁的时候不敢一个人睡觉，半夜拎着鞋子，绕过爸妈的卧室，偷偷钻到她被窝里。我观察过她的眼睛，眼眸整个变成了淡棕色，像起毛的琥珀，两片瞳孔薄薄的。我不敢看久了。

没搬家前，奶奶整个下午地坐在小区楼底下和四五个老太太聊天。现在搬到这里来，独家独栋，她没了那么熟悉的伴。下午我经常一个人坐在二楼的房间里，写作业，看书。奶奶有时会上来找我。我听不到她的脚步声，但是每当听到轻轻的叮当响，一阵一阵，像是老僧摇铃铛一样，我就知道是奶奶来了——那是她的银手镯撞击栏杆的声音。她是一下一下攀着栏杆走上来的。

有时候，她是来叫我下去吃蒸红薯的；有时候是端了一碗什么汤；有时候就是什么事也没有，上来"逻（去声）一逻"。她会看一看我写的字，走几步，望望窗外人家的院子，嘴里轻声地喃喃几句，拿起我的一个笔袋或是杯子瞧瞧，放下来，再走几步。没有很久，就下去了。极少的时候，她坐在我的床沿，两手撑在腿上，什么也不干，就是慢慢眨一眨老皱的眼睛，含着一点笑，但也不久，又慢悠悠地下楼去了。

我有时下楼去，一个人站在没开灯的客厅里，看着坐在院子门口的奶奶。她坐在小板凳上，戴着一顶遮阳帽，背对着我，正在剥豆子或花生。豆子和花生都是菜地里的。她把那些晒透的豆荚剥开，把那些红的、绿的、黑的、白的豆子拣到玻璃罐里；或者拣小个的花生剥开，用作熬汤，大个的晒干了，留着蒸或煮。这些事很费耐心，可也不是非做不可。奶奶剥一会儿，抬起头朝巷子左右望望。巷子里的风来了，她鬓边灰黑的头发飘起来，露出里面赫然的白发。她又低下头，手利落地继续剥下去。

我隐在客厅的阴影里，看着她的背影，感到一丝凄凉。

爸爸离开家，又要去外省跑工程；我一天里在学校的时间比在家里长多了；高中毕业，我也得离家去上大学。奶奶在这样的时刻，总是要和我说，人能加得，不能减得。我和爸走了，她心里失落落哩。

有一回，大学寒假回到家，我在大桥上看见一个骑三轮的老太太。我一眼就认出来，那是我小学同学的奶奶。他们祖孙两个人过，父母在外打工，生活不算富裕。老人蹬着三轮，车上放着烤红薯的炉子、给玉米保温的泡沫箱，还有一根插了五六只风车的瘦杆子。老人费力地迎风蹬上桥，风车被左右夹来的风撞得啪啪响，一点筋骨也没有。这风车的扇叶用塑料薄膜糊成，大红大紫，在死灰色的天空底下，不成样子地胡扭。

我八九岁的时候老人就这样卖东西，这么多年来竟一点也没变。我见过她孙子，已经从当初的小猴子长到了一米九的大高个。老人布着斑的皮肤塌陷下来，像枯树皮，紧紧地包着突出的两个颧骨。看着这样的脸，我总想到传统的妇女一代代隐忍的美（这美带着泪），不张扬，含蓄，但有力，就像大地和长河。我总想到我的奶奶，她就是这样一个女性：她在闹不清的家事里受了什么委屈都藏在心里，更不轻易表露自己的情感。可这样的脸，我不忍久视。

上高中搬家后，我的感知敏感不少，用家乡话，或许"开憎"了。就像竹子吃足了雨水，在一夜之间蹿高了几十米——似昔竹，非昔竹也，似乎只是一夜之间的事。我对奶奶的认知开始以一种前所未有的速度具体、丰富起来，完成了一次仓促的蜕变。可这不过像肥壮的胖子，尽是些虚肉。我不敢相信以前竟有那么多的空白，现在去填补，越补越恍惚。二十年，我早已经习惯了。我知道我一下楼，就能看到这个老人正躺在床上，隆起的肚子盖着棉被，在开着的电视机前睡着了；或者发现她坐在院子门口剥豆子，有太阳时，还戴着妹妹米白色的小春游帽。但是，奶奶不是八十了吗？我以前也没发现，她的腿怎么这么细了,越来越细了……

　　风还在从四面八方鼓荡而至。天淤青着,像高高悬在头顶的荒漠。两只白鹭在沙渚上缓缓振了振翅膀,轻轻一踮,贴着水波滑到了对岸将淹没的河树上。桥那头城区的一片烟灯突然晃到了我的眼。我也不敢多想,不愿深想,近乎本能地喊住那个蹬三轮的老人,买了一个玉米、一块红薯,还有一根蔫了的红风车,看它在风里没命地转。

旧时光

明 彤

> 各奔东西去了的又会各奔东西而来。
>
> ——题记

夜深了,备战考研的他揉揉眼睛,准备关灯睡觉。一抬头,借着昏黄的灯光,他看到了摆在桌上的照片——那是高三的他,青涩却眼神坚定。回忆便这样涌来。

九月的天空,蓝得一片模糊。高三了,这"兵荒马乱"的一年终于开始了。少年的心里比谁都清楚,这一年意味着什么。他的渴望、他的追求和他拼尽全力去捍卫的梦想,都将在这一年开花结果……

他的天赋不高,所以每次看到他,都是在低头写卷子。同桌是个闹腾的女孩,一点紧张感都没有,反倒每天拿着相机拍来拍去。她拍芳春的花、盛夏的树、金秋的落叶和深冬的白雪……有一天,女孩突然将摄像头对着他,咔嚓一声,一张照片便定格在画面里。少年有些猝不及防,但没有说话。女孩撇撇嘴,说他真无趣。

时光的齿轮稳步向前,第一次模拟考如约而至。前一天晚上少年复习到深夜,显得有些力不从心。果不其然,他考砸了。少年的难过,往往不是声张,而是在某个平静的时刻,低沉地爆发出来,带着几分苦涩。女孩将一切尽收眼底。她翻了翻相机，找到了去年夏天拍的荷花。她洗出来，在背面写着：倘有荷在心，则长长的雨季何患？悄悄地塞在少年书里。少年显然是看到了，他笑了笑，低声说了句谢谢。

一切都在马不停蹄地向前奔。五月的夏天，日光敛起锋芒，长空聚起浓厚的云雾，在云隙投下明亮柔和的光线。学校难得给高三放假。女孩站在葱郁的大树下，少年俯在塘边，向前够着，小心翼翼地折下一朵白色荷花。他将叶柄放在她的手上，花瓣素白如瓷如玉，透着夏天微甜的清香。她会心一笑，这荷花啊，便是他们缘分的见证者吧。

…………

夏天的故事落幕了。少年已如愿以偿，当初那个陪伴着他的女孩也已经亭亭玉立。只是，她不在他身边了。忙碌占据了少年，他一心放在学习上，原来大学比高中还忙。只是偶尔会想起当年的日子，那时明月皎皎，万顷茫然，他们谈天说地……

初春的阳光暖暖地洒在少年身上，他正在看书。叮——有信息来了。他打开手机，嘴角渐渐上扬。"我要到啦，在学校门口，快来接我！还有，当初给你拍的照片，还想不想要了？"少年冲了出去，只见女孩手上扬着洗好的照片，笑着看他向她奔来。照片里的少年，青涩却眼神坚定。

他想着想着，提笔写下几行字，然后关了台灯，心满意足地睡去。

"朝菌不知晦朔，蟪蛄不知春秋。春华秋实，周而复始，春秋永世不得相遇。而我能与你春秋相见，生何有幸。"

夏日友人记

汤欣怡

光线与影子不断在眼前掠过,身侧一栋接着一栋的高楼消逝在视线的末端。抬手揉眼,路标在指缝之间连缀成一根闪烁的线。很快,旁边疾驰而过的车辆就化为后方的星星点点。我闭上双眼,感受时间的流逝和空间的位移。是导航的指引,也是内心的指引,我正以每小时七十千米的速度,从南湖校区赶向首义。去赴考,也是为了和他们的一次相聚。

一路上,想的倒也不是接下来的考试有多么地难,以及自己准备得如何。实话实说,这次考试是一场没有什么准备的仗。我如期而至,一方面是重在参与,同时心底也有暗暗的欢喜在涌现:我又要见到他们了。在这个被疫情封锁住的日子里,还真是难得的一次出校。

茫茫的黑色世界里,有一束光亮从自己身后发出,又汇集在前方。那是过往的点滴片段,是属于403宿舍的全体回忆,是凝着琥珀色的宝藏,是不论多久后回想起都会觉得美好的感情。

我依然很感激学院当时的分配。我们是来自天南海北的三个女生,但冥冥之中我们都选择了这个学校,来到相同的专业,最后住进同一间寝室。有很多个早晨,从秋天到冬天,我们会一起去二食堂买早餐,去文津402室早早地占据最佳位置,一起在南操场和大运场的那条道上完成体育打卡。我们向彼此讲述自己的过往,将自己过往十八年的欢笑、喜悦和难过彼此分享。日子好像就会在这点点滴滴中一页页翻篇,可是转折也悄悄而至。

很多人说吵架能让人与人的感情加深。对于我们三人而言,我们的关系就像一条不断流淌的河流。很多时候,我能够感受到我们之间的感情在一点点发酵。可是现在却要分开了。开学不久后,我和室友小S都填写了转专业申请表。小S转入的专业还在原来的校区,而我却要搬到新校区。首义校区承载着我初升大学的半载岁月,牵挂我的东西有很多。我记得宿舍阳台外的一排树,叶子在冬天已悉数凋落。我甚至嘲笑它们是光杆司令,但在清明节的时候它们已经郁郁葱葱。再过一个多月,它们的叶子只怕是会更加青翠。我记得当时在大运场一起打太极的三个影子。武汉的冬夜冷气刺骨,我们打了几套动作就溜进二食堂买小汤圆取暖。我记得在我的影响下她们两个都喜欢上了沙县小吃和古茗奶茶,我们会在没有晚课的那一天一起去北门领外卖,会在那节课堂上说出只有我们三个知晓的暗号。这样的牵挂,我想才会是临走前那牵绊着不舍的源头。

我的搬离,已成事实。但这一天的到来还是很突然。匆匆忙忙地收拾完行李之后,才发觉自己的内心陷入了无底的空洞当中,原来自己是真的要离开了。虽然下个学期她们同样也会搬离这个校区,但眼前的分别却是如此真实,真实到在那一刻我的脑海中只剩下一片空白。我不安,更是不舍。眼下的宿舍只有我一人,我想我可以把控好我的心情。可最后还是高估了自己。背对着她们,自己想强装淡定的声线却开始颤抖。那一刻,我忽然觉得在我贫瘠的经历里蓦地开出了一朵花。

我只能默默祈祷时间在今天与明天之间游走得慢些,再慢些。但我也明白心底的这些想法在强大的现实面前实在是太渺小。我的床位空了,我坐上了离开的出租车。我不敢跟她们再多说什么,因为怕自己会不想离开。伤感只能无限放大我的感觉,此刻天空是无边的灰白,细密的雨飘落在我的掌心。街景一幕幕滑过眼底,终究只是再见二字。

  回忆戛然而止,熟悉的首义路风景跃入眼帘:拐角处的青海拉面,在玩笑时调侃的助听器一条街,北门的保安叔叔似乎还是从前的那两位。我只想说:又见面了,我的朋友们。

  提笔写下这篇文章时已是盛夏,每一个夏天都无可复制,我们也是。小S曾经说过,如果我们仨都还在原来的专业,都会成为很优秀的人。尽管因为专业的不同,我们三人要走向不同的道路,但我仍要虔诚地祝愿:愿未来的风只会携来清欢而不是愁绪,愿往后的光只会闪耀而鲜少黯淡,愿你、我都能收获一季的繁花似锦。

三千寻觅

周 倩

无穷的黑暗,无尽的思念,无数的期盼,都与我相关。

寒风瑟瑟,凛然骤起,一夜之间,天地万物,银装素裹,世界一片安宁。咳咳!在白雪的覆盖下,一阵响亮而又虚弱的咳嗽声从一栋五六十平方米的单层小房子里传来。这矮小简陋的房屋,与周围林立的高楼看起来格格不入,但似乎又完美地融合。

"严老,您这病来得有些猛啊!我喊医生来给您瞧瞧吧。"居委会主任小吴坐在床边的木椅上,一边为倚靠在床头的老人披了披被子,一边担忧地说道。

"不用了,我这病很快就会好的。"老人摇了摇头,婉言拒绝了。他满头白发,眼睛浑浊,可身姿挺拔,自成威严,纵使生病了,也犹如松柏。

"好,那您老可要多注意身体,今年入冬早,又格外冷,平时多在家里待着,这段时间就别出去跑步了,好好养着,有什么需要,直接给我打电话就行了。"

小吴一面应着,一面又给老人一些建议,言语间能看出对老人的关心。

没一会儿,小吴走了,接着又来了许多人——小孩儿、年轻人、中年人、老人、学生、打扫道路的清洁工人、隔壁小卖部老板、居委会成员、市里有权势的人……各个年龄阶段、各个社会阶层的人都有，形形色色的，但在严老面前，都无比真诚，对严老很是尊敬。

严老，是一个传奇人物，据说上过战场，为国家立下不少功劳。后来因伤退役以后，就来到了春市这个偏僻的小地方，为春市的发展做出了巨大贡献。春市能有今天的繁华，严老绝对是功不可没。严老退休以后，独居一处，卖些花卉。值得一提的是，严老只卖向日葵，没人知道为什么。即使严老退休了，但还是会有很多人来请教他。比如市里、社区里有什么重大事情，很多领导都会来请教严老，严老也总会给他们很多十分中肯的意见。

果然如严老所说，没过两天，病全好了，整个人又精神抖擞了。可不管别人怎么说，怎么劝，他依旧每天出门，按照熟悉的路线跑步半小时，狂风暴雨都阻挡不了他的脚步。

三个月过去了，草长莺飞，天气转暖，时已入春，严老收拾好行李，准备回乡下了。

严老的每年被分成两半，春夏入乡，秋冬进城，没人知道为什么。

他九十多岁了，步履虽不复当年那么铿锵，但走起来仍有军人之姿。

"严老，回来了啊！"一进村，就有人向严老热情地打招呼。

早年间，大家都奇怪严老的到来，毕竟，严老住的那间小茅屋，在几十年前，住着的是一个无父无母的孤女，只是听说后来去参军了，再也没回来过。严老年年来，还为他们村的脱贫致富提了不少意见，再加上后来随着老一辈人的渐渐离去，大家也就渐渐忘却了房子原本的主人是谁。

"是啊！回来啦！"严老用浑浊的眼睛看着声音的来处。

"俺家今天刚杀了只鸭子，一会儿给严老您送点儿过去。"大家知道他不喜欢去别人家里吃饭，所以平时自家做些什么好吃的，只能用盘子给严老端一些过去。

"好啊，多谢了。"严老也不客气，爽朗应下。

推开小茅屋的门，里面除了积了些灰，一切都很整洁。一床铺，一书架，一桌椅，最吸人眼球的也许是不远处的飞镖和靶子。这两样东西，在城里的房间里同样有，而且严老每天都会练半小时，哪怕总是百发百中，人也不曾懈怠。

"阳春儿啊，我又回来了。"严老耷拉着眼皮，浑浊的双眼里看不出情绪，只是这喃喃的语调倒是同平常讲话大相径庭，声音中还能够听出除了刚强之外的柔情。他一只手抚向颈脖处的一根红线，然后慢慢拿出吊坠，竟是一枚子弹壳！

严老放下行李，轻车熟路地走向床边，拿出一本陈旧的日记本，双手轻轻地抚摸着，一页一页地翻过，一页一页地抚摸，小心翼翼，满带怀恋。

时间过得很快，新一年年末，又是大雪纷飞，严老离开了，悄无声息地离开了。人们来收拾遗物时，发现屋子里的向日葵竟在此时开得正盛，靶子上一只飞镖正中红心，而床头的一本日记本被吹开，在那上面，第一页写着：无穷的黑暗，无尽的思念，无数的期盼，都与我相关。最后一页写着：严冬不肃杀，何以见阳春。笔势飘逸，遒劲有力。

而日记本的封面上，隐隐约约能看见一个模糊的名字——阳春。日记本的中间，记录着一些少女心事、平常琐事、沙场战事。簪花小楷，字迹清秀。

"今日立志入军营，国家危亡，愿献出一份力，保家卫国，望和平早日到来。"

"今日，我遇见了一位军官，他身姿挺拔，一身正气，后来一问才知道，他是我们的新营长，叫严小冬。"

"这两日战事吃紧，我军伤亡惨重，后面还有硬仗要打。可我总觉心神不宁，算了，别多想，愿他平安，愿一切平安。"

"你说过，待战争过去，国泰民安之时，便娶我。如今正值危急存亡之秋，你上了战场，奋勇杀敌。我想，我也应当勇敢一些。我已经自请从后方调往前方，我们将靠得更近了。我相信，距离你娶我的日子不远了。"

…………

奈何桥畔，一位身着军装的少女，笑容犹如向日葵般灿烂。她看着白发苍苍、眼睛浑浊的老人，清脆地喊着："严小冬，三千寻觅，我终于等到你了！"

老人愣了愣，也笑了："阳春儿，你要的太平盛世，我做到了，国人做到了。"

两人双向奔赴，手牵着手，走向忘川，"严小冬，我做你的眼，我们一起去看国泰民安。"

"好……"

双胞胎

张玲玲

一

小区六号楼三单元张灯结彩,挂满了气球。

听说是这家的双胞胎女儿满月了,姐姐随爸爸姓,叫乔可心,妹妹随妈妈姓,叫严可爱。

热热闹闹的满月酒席,奶奶的表情却不好看,拄着拐杖不说话。

妈妈左手抱着可心,右手推着婴儿车。爸爸端着酒杯穿梭应酬。

……

这个家庭不算大户,但总体还算和谐幸福,妈妈兼顾着工作带小孩,爸爸也算负责任,周末偶尔也帮她洗洗碗,做做饭。

可心剪着齐耳的蘑菇头,可爱则扎一个马尾辫。

有一天可心说:"我也要留长辫子。"

妈妈说,让着妹妹,早上要给两个小孩扎辫子,妈妈上班来不及。

可爱喝了一大口豆浆,用手背擦擦嘴,大声说:"为什么爸爸不能给姐姐扎辫子?"

"爸爸工作忙,乖,把早饭吃了上学去。"

"妈妈也忙呀。"可爱大声说,"为什么烧饭洗衣的不是爸爸?"

妈妈摸摸她的脑袋,"你知道心疼妈妈,妈妈就很开心啰。"

过家家的时候,可心给洋娃娃喂果汁喝,把它放进玩具婴儿车,哄它睡觉,扮演妈妈。

她叫可爱来演爸爸,可爱把洋娃娃抓出来扔在地上。

"我不喜欢小孩子!"可爱叫起来,噘着嘴。

可心没生气,把娃娃捡起来,扑打上面的灰。

她说:"我喜欢小孩子,可爱也是小孩子,我也是小孩子,我很喜欢。"

"姐姐是笨蛋,"可爱扮了个鬼脸,"所以才会在学校里被男生欺负。"

"可爱保护我,我不怕。"可心站起来,她的蘑菇头像果冻似的抖了抖。

二

上了高中,可心把校服衣襟扎进校裤里,可爱把裤脚挽到脚踝。

可心留起了长发,平时用卷发筒打理得像羊毛,一圈一圈围着小脸,上学的日子就梳直扎起来。

可爱把一头长直发剪了,她照着短发女明星的照片给自己剪头,比蘑菇头更短,从后头看像个小男生。有一次下晚自习和可心手牵着手走在路上,还被教导主任喊住,闹了个乌龙。

"两个小崽子总算是上高中了,我可以轻松些了。"妈妈笑着说。

她看了看坐在沙发上看电视的爸爸和奶奶,在围裙上擦了擦手，去张罗晚饭。

两个人共有的房间里，可心的一边贴着几个男明星的海报，可爱的一边则贴满了女明星的海报。

奶奶说，女孩子家家的，谈喜欢，谈男人，多丢人。她把可心那边男明星的海报都撕了。

可心看着她撕，没有说话，转身给奶奶倒了杯茶，笑着说："奶奶，您喝茶，我以后不贴了。"

奶奶出去后，可爱就说："姐姐，你脾气太好了，换我早发火了。"

可心笑笑，"奶奶年纪大了，不要惹她不开心。"

可爱时常惹奶奶不开心。

那天在餐桌上，一家子聊起两姐妹的未来，妈妈和奶奶希望两姐妹以后找个好归宿，再生两个可爱的宝宝。爸爸叮嘱："眼睛要擦亮些呀。"

"以后我要读研究生，要读博士。"可爱插嘴，"以后我不结婚，不要小孩。"

爸爸妈妈奶奶，三个人脸色大变。

"读到博士多大了，哪里嫁得出去？"妈妈说。

"女孩子读那么多书做什么用？"奶奶说。

"女博士可太吓人了。"爸爸说。

可爱大发脾气，摔了碗，躲进房间去。

可心把碗的碎片扫起来，倒进垃圾桶，安慰起爸爸妈妈，说可爱只是一时心血来潮。

晚上睡在床上，可心又安慰起可爱："别吵架，以后的人生怎么选，还得看我们自己，现在怎么说都是不算数的。"

"是吗？"可爱撇撇嘴，"姐姐，你喜欢小孩吗？"

"喜欢呀。"可心闭上眼，"我希望呢，以后跟喜欢的人在一起，然后有一个小宝宝。"

"你是不是在跟隔壁班班长谈恋爱啊?"可爱狡黠地一笑。可心没说话，刷地红了脸。

"我讨厌小孩子，"可爱对着天花板，大声说，"我就是讨厌小孩子。"

三

上了大学，可心谈了恋爱又分手，又谈了恋爱再分手，成绩却一直很好，班里的男生绩点都不如她。

要说最近不如意的事情，就是她竞选院学生会主席落选了。老师选了一个男生，说男生办事牢靠，没有很多弯弯绕绕。

可心摇了摇头，没说什么，这是她想不明白的道理。

可爱在另一座离家很远的城市上大学，没谈过恋爱，眼里只有读书考研。她朋友不多，烦恼的事情顶多是追星塌房。

等大学毕业了，可爱准备读研究生，家里却断了她的生活费。爸爸妈妈奶奶都催着她结婚生小孩，她懒得多费口舌去争辩，索性直接和家里断了联系。

可心接到了面试通知，面试的地方来的人挺多。过了笔试的女生有七成，排名前十全是女生，竞争很激烈，大家看上去都云淡风轻，却暗自都握紧了拳头。

"乔可心，二十二岁。"

"结婚了吗?"

听到第一个问题，可心愣了愣，马上恢复了礼貌的表情："还没有。"

"打算结婚吗?喜欢小孩吗?"人事主管冷冷地看着她。

"不……"

可心迟疑了一下:"不打算结婚,不喜欢小孩,之后……之后不会休产假。"

"简历我看了,说说你对我们公司的看法吧。"人事主管冰冷的表情缓和了些,像磐石破开了一丝裂缝。

过了几天,公示了面试结果,可心没进,公司选了几个成绩都不如她的男生。

打听到的小道消息说,是她问题答得不好。

面试官的意思是,不想结婚不要小孩的女人,以后可能会有精神问题。

可是回答筹备结婚的几个女生也没进,可心在心里默默想道。

但是没有办法,只能摇摇头,准备面试下一家。

四

可爱和朋友吃饭,庆祝大家都考上了研究生。

席间她起身去厕所,推门进去,身后突然挤上来一个小男孩插队。

她停下脚步,想了想是不是自己喝多走错了,可自己喝的是可乐啊。

小男孩坐在地上哇哇大哭,她哄不来,手足无措地站在原地。

男孩后面跟出一个中年女人,劈头盖脸对她一顿骂。

"让让小孩子怎么了?"

"可是阿姨,这是女厕所啊。"她挠了挠头。

回到饭桌前,可爱认真看了看自己的杯子,里面确实不是酒。大概是可乐也会喝醉吧。

进了学校,可爱才听说自己的导师风评不好。研究生三年说快也快,只是她延毕了又延毕,而她的师兄乃至师弟们都毕业了。

她这才发现除了自己,导师这些年都没能招到女学生。

五

可心结了婚,一直没要小孩,这回是因为还没买上房子。婚前很宽厚体贴的丈夫,婚后像变了个样。

"要不你辞职回家吧,咱们要个孩子。"丈夫说。

"你怎么说出这种话来的,你以为你一个人的工资能供得起谁?"

她似乎也变得没有以前那么温和。易怒,时常头疼。

丈夫不喝酒时顶多是啰唆,喝醉了便抬手要打她。

可心扔掉了短裙短袖,三十摄氏度的夏天也穿长袖。

婚是要想办法离的,只是离婚前还有个冷静期,耗得她没了耐心。

况且她最近根本没空担心自己,她很担心可爱。

上一次见到可爱是两周前了,可爱的头发又变短了,短得露出整只耳朵。

每次遇到什么学术困难,她就喜欢拿推子给自己头发一顿乱剃,让人害怕。

急忙赶到派出所,可心跌跌撞撞地冲进去,妹妹缩在角落里,头发乱糟糟的。

"你是严可爱的家属?"警察说,"已经取样了,受害人现在心理状态很不好。"

可心抱着可爱,拨开她乱糟糟的刘海:"可爱,怎么了,到底怎么了?"

可爱的嘴唇干裂着,嘴角有个牙印,她呆呆地看着一堵白墙,过了好久突然扑进可心的怀抱里,呜呜哭泣。

六

时间开始混乱,故事也越来越支离破碎。

原来这一切都只是一段段不知所云的臆想罢了。

那一年,可心和可爱没有出生。

六号楼三单元张灯结彩办满月酒,奶奶坐在酒席间,笑得像弥勒佛。

她抱着刚满月的小孙子,看他吃小手。

妈妈扶着婆婆的椅背,疲倦地笑着。爸爸则在酒席间应酬,谈笑风生。

几个邻居凑在一起嘀咕:"听说这家的媳妇啊,之前打掉过一胎女孩,是双胞胎呢。"

罗村纪行

方羽馨

这是去年高考结束后暑假发生的事。

刚结束高中最重要的考试,假期时间太过冗长,颇让人不知该做些什么。身边同学大多趁着这个时候去考驾照,但我仍未成年,所以行不通。在家天天打游戏又被父母嫌弃,那我自然要想办法证明自己的价值。

于是乎,便联合一个有相同意向的好友去找暑假工做。四处碰壁之后,倒也给我们找了个不错的差事——给歙县的电信公司打工。

在这里有必要说明一下这份工作的具体背景和内容:之前政府的信息扶贫工作室交由电信来做,免费为贫困户家中安装宽带电视;现在实现全面小康了,这个政策就没有了。我们的工作便是劝说这些贫困户去续针对他们的优惠套餐,根据单数拿提成。

所以这份工作让我在歙县的大小乡镇都逛了一遍,也让我见识到了众生百相。在我记忆这段旅程的土壤上,有两个家庭深深扎根于其中。

呈坎镇,是我们那一日的目的地。几个组分别去了不同的村子,我们去的是罗村。

罗姓是呈坎的大姓,但奇怪的是罗村似乎由三个姓氏瓜分。

罗村、叶村、汪村分布在广阔的山野里——这都是我们询问路上一位奶奶的时候,她所讲述的。"从这到叶村没多少路!"她笑呵呵地指了个方向,朝我们摆了摆手后,扛着担子转过身继续赶路了。

我猜她肯定是以老一辈人的感觉描述的,毕竟我们绕过的蜿蜒曲折的山路,肯定无法以现在的"近"来度量。但我们总归是见到了一片竹林,和它背后的叶村。颇有五柳先生笔下桃花源之意境——"土地平旷,屋舍俨然,有良田美池桑竹之属。"

我们要找的那位爷爷,已经等在村口了。因为照惯例,我们前往实地之前要先给他们打个电话,问清地点和在不在家,约好时间再上门,以免浪费时间。有的人不耐烦会直接挂,但这位爷爷很热情,说他会在村口等我们。

见我们来了,他领着我们朝家里走。路上,我们问了一些基本问题,也大概摸清了他的家庭情况——他是个鳏夫,没有子女,现在一个人在家,自己种点地养活自己。

我与同伴对视一眼,不打算向他推荐套餐了。他目前用的还是老年机,要宽带也没用。我们打算去他家小坐一会儿,告诉他政府的政策到期,就可以了。

他领着我们,一路上遇到同村人打招呼,询问我们是什么人,他都会自豪地大声回答:"是政府里下乡扶贫的咧!"我们很羞愧,毕竟,我们不是为了扶贫而来。

到了家门口,他把门闩打开,让我们随意坐。我们拘谨地坐下,看着他一边忙里忙外地打扫卫生,一边擦着汗向我们解释:"家里很久没扫啦,委屈你们嘞!"

但屋子里除了堆放的杂物有些乱,其实很干净。

我们向他讲述了政策的变化,也听着他对我们倾诉他的生活：他的妻子，在他们还没有孩子时就抛下他先走了；他讲起自己装了宽带电视，最大的功用还是看戏曲频道；他讲起了自己今年种的萝卜青菜长势有多么喜人，并留我们在这里吃饭。

我们连忙摆手拒绝，并说时间不早了，要去下一家了。他有些惊讶，但表示理解："毕竟贫困户多嘛。"

他把我们送到村口，再次对我们表达谢意，与我们挥手告别。

我们仍从来时那蜿蜒的山路下去，去原野上的罗村本家——之前打过电话没人接的一家回电话给我们，希望与我们面谈。

从田野直插过去，进了村，找人问路，那人一指一栋崭新气派的建筑给我们："喏，那就是他们家。"我们道了谢，朝那家走过去。

进了家门，首先看到的是两个孩子在地板上玩拼图，一个中年妇女在照顾他们。见到我们，她有些诧异。

我们解释了来意，她转头冲楼上喊："媛媛！有电信的人来啰！"于是一个穿着睡衣的女人从楼上来到了我们面前。

她与带我们的汪总聊了很久。大概就是在质疑我们打着政府的旗号，万一是个骗局；或者觉得给的优惠不符合贫困户的政策。

但到底最后这笔生意是谈成了，汪总带了电脑，现场帮他们家办理了业务。女人将事情办完，便伸着懒腰上了楼，看样子是要回去睡回笼觉；两个孩子玩腻了拼图，又在玩具堆里挑挑拣拣。中年妇女则还是看着电视，也盯着那两个孩子。

这与我们无关，我们都心情舒畅地走出了这家的门，想着又赚了一单。

我们在这家人的门口抬头望，依稀可以看见山腰上的叶村，不觉想起了那个独自生活的老人家,他现在应该是在看戏曲频道吧?

但接着便是在罗村四处忙碌地奔波,然后黄昏占领了这里,我们就该撤退了。

明天又是去另一个镇子,另一个村。

在罗村发生的事,不久就会被遗忘。

阿　菊

蔡睿恩

世界本身是个谜团。即使经过千百年，世界上仍然存在着许多无法解释的事情，人们称其中的大多数为"怪异"。我年少的时候就曾碰见过这类"怪异"。

那时候我十六岁，从老家前往京都投奔亲戚。路途遥远，即使我年轻力壮，也足足花了四五天才到达京都。那时候不像现在，到处都有旅店可投宿。大部分路途中，都是一片荒芜，若能在晚上走到一处村庄，那简直称得上是幸运之至了！

我遇到"怪异"是在第三夜，那时我接连在野外露宿了两夜，没睡过一次好觉。你知道的，在野外嘛，一个人都没有，总不免有些担心，每每一合上眼脑海里都是些恐怖的景象，像被不怀好意的强盗夺财害命之类的。你也别笑我，那时整个国内治安都不太好，遇到盗匪并非不可能的事。野兽也是有可能出现的，我可不想在睡梦中被撕成碎片。还有一类危险，想必你也能猜到，就是儿时听过的童谣里那种半夜在路上突然拍你一下的东西。

第三夜，我竟幸运地找到了一处久无人居的荒宅。我当时累极了，也顾不上去思考荒郊野外出现一座荒宅是多么诡异的一件事，只想赶快进去睡个好觉。这看起来是座江户时期风格的老宅子，考虑到不好直接宿在主屋内，我穿过长长的回廊，来到了一个像是别院的地方。院中花木早已败落，杂草疯长，都已近半人高。我走进与院中风景相对的和室，简单打扫了一下便放下包袱呼呼大睡起来。

哗啦！隐约传来东西落到地上打碎的声音。

"一个……两个……"有说话声响起，缥缥缈缈的，仿佛要被风吹散了似的。但这声音又确确实实钻到了我耳朵里。

我睁开眼，却被眼前的景象震惊得说不出话来。

方才还是一片破败景象的院子完全变了样子，花木繁盛，灯火通明，女仆们端着精美的菜肴从和室前的回廊上走过。主屋的方向传来男子高声谈笑的声音，浓郁的酒香也飘了过来。

我的肚子被菜香和酒香勾得咕咕直叫，便起身顺着那些女仆来时的方向而去。拐进一道偏门后，我总算找到了厨房所在。我正要进去，却听见里面传来说话声。

"我受不了了！那个老女人总是责骂你，其他的仆人也肆意欺负你。这样的日子你忍得了我忍不了了！"是一个男人的声音，听起来非常生气。

"那，还能怎么办呢？我是被卖进来当奴婢的啊，有什么办法呢？"这是一个女人的声音，温柔哀怨。

"我看，不如这样，我们今夜一起走！"

"这怎么行呢？被主人家发现了会给打死的！"

"不会被发现的，今夜宴会结束后，他们定会喝得人事不知。以那些仆人的德性，收拾完后多半也会累得一睡不醒。到时候我们就从后门走，后门的守卫你也不必担心，我会给他们的菜饭下些药。"

"可是……"那女子似乎还在犹豫。

有脚步声传来，其他人来了。我看那屋内两人似乎毫无所觉，不禁替他们着急，便咳了一声以示提醒，随后迅速藏到屋侧。

屋内顿时骚动了起来，窗户似乎打开了，紧接着又被迅速关上。一会儿后传来老女仆的训斥声："怎么这么久了，这点碗盘都没洗干净！你要再偷懒，当心我告诉女主人！"

后面她们说了些什么我倒没再注意，只觉得今夜的所见所闻实在是大大超出了我的预料，不知道这对男女能否成功逃走，那时我对他们命运的关切甚至压过了饥饿的感觉。

哗啦一声，屋内有什么东西掉到地上打碎了。

我再次睁开了眼，只是这次眼前昏暗无比。我坐起身，四周一片荒凉，还是我最先看到的荒宅模样。

只是……

我瞪大了双眼，我的对面，赫然是我休息的那间和室！我的包袱还放在那里，我是万不会认错的！

我僵硬地转过头，看到的景象几乎要让我的血液冻住了：一口古井静静地坐落在那里。古井的上方，一个女人悬空飘着。她的脸色在月光映照下如纸般惨白，一双杏眼呆滞地盯着我。更为诡异的，是她那一身灰青色的衣服上深红色的花形图案。这两种颜色放在一起十分不协调，甚至可以用难看来形容。

"一个……两个……"那女子开口，说的却是让我摸不着头脑的话语。她的声音轻轻的，仿佛下一秒就会散在空气里。我当时吓得手直抖，眼泪也一时间流了出来。

她那双呆滞的眼突然转了一转，好像木偶活过来了一般，偏了偏脖子，对我扯出一抹笑容。

"我是谁啊？"又是意义不明的话语。

"我的爱人呢？他又是谁？"她的脸在我眼前倏然放大，我的心脏在那一瞬间仿佛梗到了嗓子眼，眼前开始阵阵发黑。

彻底晕过去之前，我耳边再次响起仿佛魔咒般的轻语："一个……两个……"

"阿菊！我买你回来不是为了让自己受气的，伺候人的精细事情做不了，连挑水烧火这些粗活都做不了，你说说，我买你回来有什么用？啊？有什么用？"让我的意识回归清明的是一个女人怒气冲冲的斥责声。

我睁开眼，见两个女人站在离我很近的地方。一个约莫四十出头，穿着华丽的和服，但脸上的神情却不见得半分端庄；她对面站着的是一名低着头的少女，穿着下人穿的灰青色的朴素衣服。

显然她们都看不见我，否则那个贵妇人不会继续毫不顾形象地责骂那名叫阿菊的少女，她甚至掐住了阿菊的脸，恶狠狠的神情显得她仿佛是来自地狱的毒妇："我知道你在想什么，我知道你们这些年轻的女孩子在想什么！凭着自己年轻，凭着自己有几分姿色，就开始恬不知耻地想男人！活也不好好做了，只想着怎么勾引男人好骑到我头上过舒坦日子！"即使是置身事外的我，也觉得这女人实在像个疯子，讲的话也实在没半分道理。但阿菊只是一声不吭。

场景忽然发生了转变，昏暗的烛光映出了缩在墙角的人影。我定睛一看，原来是阿菊抱着膝盖缩在那里。我走近她，看到她那双清亮的眼里映出的烛火。

门突然开了，一些和阿菊年龄相仿的女孩子走了进来。她们也穿着同阿菊一样的衣服，看来是与她同住的女仆。她们并不与阿菊搭话，而是坐在一起说说笑笑，把可怜的阿菊晾在一边。

阿菊从始至终只看着烛火。

场景又是一变，这次的时间是白天，地点是别院的那口井。是的，就是那口被近半人高的杂草给掩盖住，以至于被我忽视了的古井。阿菊在井边打水,看她的动作,似乎有些吃力。一双手适时地握上了井绳,帮她把一桶水给提了上来。

那是名下层武士打扮的男子,我看不清他的脸。不过单看身形,应是个健壮的男子。

我看着他们交换姓名,也看到阿菊羞涩的微笑。

那是在面对名叫幻光太郎的男子时才会露出的微笑。

再一次转场后,我来到了非常熟悉的地方——厨房外侧。不过这次,我所在的是那对男女说话的窗边。窗纸上映出那女人的身影,熟悉的对白又一次展开。

说到这里,想必你也猜到了,那女人便是阿菊,而同她说话的男子,除了幻光太郎,还能有谁?

脚步声传来,窗户打开,幻光太郎跳窗而走。即使没有我的提醒,故事还是一样地展开。

我趁着开关窗户的一刹那来到了屋内,此时阿菊正跪坐在木盆边,一边听着老女仆的喋喋不休,一边擦洗着杯盘。

我的注意力被她手中正在擦洗的瓷盘给吸引了过去,即使我对瓷器这方面一窍不通,也被那五彩花鸟纹的盘子给迷住了。它的色彩是如此鲜艳,图案又是那么的栩栩如生。有钱人家真是好啊,这么名贵的盘子都能作平常使用……

只是我的感慨还没有发完,就被哗啦一声脆响给打断了。那五彩花鸟的盘子已经成了一地碎片,阿菊的手还保持着擦拭碗盘的姿势,仿佛刚才并没有任何东西从她那双手中脱离而去。

我这时才看出她的心不在焉。

那老女仆鸭子般的嗓音大声地嚷了出来:"你个猪养的笨丫头,这可是女主人最喜欢的盘子啊!"她随即不依不饶地去扯阿菊,要带她去女主人面前告状。

阿菊这才转过了神,一双杏眼里满是惊恐。

我当时心里也慌得很，忙走上前想帮阿菊挣脱。但我的手还没碰上去，四周又变幻了一番景象。

到处都是火把，到处都是人，那凶狠恶毒的贵妇人站在最前面。此刻，即使在众人面前，她那狠毒的眼神也不加丝毫隐藏。

我听到阿菊的惨叫声，听到围观者的窃窃私语声，甚至听到笑声。

站在这里的人们，眼里有得意、有冷漠、有幸灾乐祸。

我仿佛置身于一群恶鬼之间。

阿菊死了，那个貌似优雅的贵妇人是多么"仁慈"啊，尚且保留了她的身体完整，下令把她丢进院中那口井。

那可怜的少女阿菊啊，灰青色的衣服上开满了血色之花，她那双手想要抓住的地方，有爱人在等她。

烟雾弥漫，一切繁华，一切热闹，尽数随烟而散。

那名为阿菊的女鬼坐在古井之上，仍旧"一个……两个……"地数着盘子。看到我走近，她像之前一样，歪着脖子，对我扯出一抹笑。

这次我却并不感觉恐怖，我直视着她的双眼，缓缓开口："你是阿菊。"

她歪了歪头，呆滞的双眼紧盯着我，似乎在等待我的下文。

我的脑中浮光掠影般闪过刚才看到的那些画面，最后定格在窗上映出的阿菊的身影。

"你的爱人，他名为幻光太郎。"

听到我的回答，阿菊的双眼仿佛瞬间恢复了神采。她再次笑了，那是少女阿菊温柔羞涩的微笑。

哗啦一声，有什么东西打碎了。

我睁开眼，天光已经大亮。鸟鸣啁啾声声入耳，阳光洒满荒芜的庭院，一切似乎都宣示着这是一个和我之前所见完全不同的晴朗世界。

好了，故事到这里就讲完啦！什么？你问我这是梦境还是真实，那就待你自己去思索了。

后记：

本小说的创作灵感及阿菊原型来自《百鬼夜行：鸟山石燕传世作品集》，原本中的故事：相传阿菊是一家大户人家的女佣，因为不慎打破了主人家一只名贵的盘子，被主人毒打致死，事后更将尸体扔进井里。从此每到深夜，井中就会传来阿菊幽怨地数着盘子的声音："一个、两个……"令人不寒而栗。此文中故事为自己基于原本的想象与原创。另外，文中一处始终未挑明的点在此处加以说明，阿菊的爱人幻光太郎，看不清相貌，没有影子，名字中带有幻字，暗示着他可能并不存在。他更像是阿菊在那悲惨生活中所幻想出的慰藉，是她在内心深处潜藏的对逃离这种生活的向往的体现。但同时，"我"又确实听见过男子的说话声，凭这点也可以认为幻光太郎确实存在。不点明他是否存在，也是想让整个故事显得既似真实又似虚幻。

外　婆

陈麒羽

　　灰蒙蒙的天空，不停地下着连绵的细雨，湿冷的空气，从裤腿钻进人的身体。心情也如同这天气，被一种连绵不断的悲伤所纠缠，没有刺骨寒风，却有一种让人无法逃离的凉意。

　　周六的早晨，我接到了外婆过世的消息。吃完饭我回到教室学习，被老师叫住，他用低沉的声音说道："麒羽，你的外婆过世了。"这句话在我的脑海中一遍又一遍回响，一遍又一遍地确认。我抱着侥幸的心态拨通妈妈的电话，听到电话那头的哭声时，我确认了这个事实。我曾想过亲人离世的场景，我以为会歇斯底里地泣不成声，然而却并不是这样的，只是感觉心头仿佛有一块石头压着，任何发泄都失去作用，只有悲痛在我心里不断积压，无法排解，无法诉说。

　　走在路上，我的脚也失去了知觉，全身都紧绷着，阴冷的环境让我的身体不知不觉地发抖。我来到外婆的葬礼现场，看到摆在灵堂前的那一方灵柩，前面放着外婆的照片，照片上的外婆眼睛笑得眯成一条线，依然十分的和蔼可亲。小时候我也同爸爸妈妈参加过太奶奶一些人的葬礼，那时的我是没有感觉的，也不知道为什么大家会如此哭泣。或许有人会和曾经的我一样，对这场葬礼毫无感觉。但我却不同，如今睡在那冰冷的灵柩里的人，是我最亲的外婆，那个从小到大陪伴我长大的亲人。

我坐在灵柩的旁边，紧紧挨着外婆，之间就只有一层木板，然而木板内外却是两个世界。外婆，我再也见不到您了，可我还是想再抱抱您，想再听见您呼唤我的名字，想再看一眼您慈祥的笑脸。您躺在那里面，是否会和我一样感觉到冷呢？

一个星期前，国庆假期，我带上作业来到外婆家。她一直叮嘱我要好好学习，我也和往常一样埋怨她的唠叨。回家时，一向害怕坐电梯的我让外婆送我到楼下。她一边挥手一边跟我说再见，我也很不舍地一直回头道别，想着一个月后还可以再见面，我就转身离开了，却没想到那是我和外婆的最后一面。回到家，翻开作业，看见外婆夹在我作业本里的几百块钱，顿时一股暖意填满心间，感动有那么一个人始终鼓励着我关心我。去学校的路上我给外婆打了最后一通电话，我们约定下次放假时我会回来看她。这一切的一切，都仿佛是上天做了安排，让我在不知情之际与外婆做了最后的告别。

从小到大，外婆一直陪在我的身边。当我还是一个小女孩时，外婆让我骑在她的肩头，让我睡在她的怀中，让我为她扎头发。外婆，您是否还记得我曾穿着您的超大睡衣在沙发上跳舞，是否还记得我曾躲在您家柜子里吃糖果，是否还记得我们曾坐在星空下一起数飞机。高中时期，紧张的学习环境让我时常怀疑自己，但是外婆温馨的笑容总能让我获得一种特殊的能量，时刻提醒着我生活的美好。后来家里多了两个可爱的小弟弟，外婆像照顾我那样继续照顾着两个弟弟。然而现在，她却在我们都没有预料到的情况下，永远地离开了。外婆将自己所有的爱与温情奉献给了两代人。那温暖的怀抱，温和的话语，温馨的笑脸，在我心中留下深刻的印记，给了我无穷的力量。

外婆，记得小时候我问过您世界上到底有没有鬼。您告诉我世界上没有鬼,但是人会有灵魂。现在我明白了您的话,我相信您的灵魂就在我的身边,或许化作了一株小草,一缕清风,一颗明星,时时刻刻地陪伴着我,给我力量,让我感受到这世间的温情。

循　环

贺瑾格

（一）

八月午后，阳光依旧如在盛夏般猛烈，洛城里的溯流湖也同烈日下的人们一般恹恹无力，湖中涌动的小波浪不复往日的轻快。湖岸香樟树上传来的蝉鸣，在这闷热的天儿里越发嘹亮。前几日下了场暴雨，原本难耐的高温稍降了些，但那几分凉意，在这两天的烈阳里，早就杳无踪迹了。

程墨已经在溯流湖边的一处长椅上坐了好一会儿了。应付完午饭，程墨就扫了辆小电驴，到溯流湖边的湖畔公园寻了这处长椅坐下了。

八月底，虽立秋早已过去，但才刚过处暑，午后依旧酷热难耐。

程墨出门时，程妈妈很不理解："这么热的天，哪还有人大晌午地跑去湖边，吃过饭都不知道帮你老妈洗洗碗，而且后天九月一号，你就要出发上学，还不赶快收拾行李。"程墨没反驳，只一言不发地拿起包，拉开门，将妈妈不绝的训斥声掩在了门后。但刚下几步台阶，妈妈的声音还是透过门传来："别疯太晚，早点回家。"

程墨寻的长椅旁的香樟树很有些年头了，粗壮高大、枝繁叶茂,树皮上的深深沟壑和老人脸上的皱纹一般,暗含着时间的累积。长椅被笼在巨大树冠下,伸展着的粗壮枝干和枝丫上繁密的绿叶,正好阻挡了毒辣的日头,围成一方清凉之地。

程墨坐在长椅上,前方的湖水在强烈阳光的照射下波光粼粼,氤氲的热气让湖面表层的空间微微扭曲,整个溯流湖就像一锅煮得浓浓的金汤。今日倒是个好天气,天空只有几片奇形怪状的云慢悠悠地飘荡,空中几丝微风,缓缓推着这稀疏的云前进,但速度连蜗牛都不如,云的形状也无甚变化,估摸这风也被这两日的太阳晒蔫了,丝毫不像前几日那场暴雨前的狂风猖狂骇人,霎时就带着看不见头的乌云压来,像揉面团似的,将云揉在一起,扯出千形万状,最后压出一场瓢泼大雨。

闷热的天,不绝的蝉鸣,扰得程墨的心绪越发混乱。后天就要离开这座生活了十几年的小城,独自前往大学念书。这样长久的离开,是程墨十几年来都不曾有过的,程墨几乎从小到大的每一天都是在熟悉的环境中度过,偶尔的旅程也有家人朋友相伴。即将到来的离别,打破了这熟悉的一切,一切都不明朗,家人和朋友也很难再见面。这种隐隐约约的失控感随着离别日子的逼近让程墨越发地惶惶不安。

到底要不要答应他?

程墨依旧犹豫,虽然答应他能得到自己想要的结果,但是这般不可思议的事情,必定要付出代价,程墨不知道自己能不能承受住他要的代价。

"哎,不管了,等会儿先看一看他到底想干什么。"程墨叹了口气,松懈下来,靠着椅背,有些烦躁地挠挠头,也不知道他什么时候来,只说要自己今天午后在溯流湖找处长椅等着,却直到现在还没出现,不会是戏弄吧,那种事怎么想都像个骗局。但自己又亲眼见过他的神通,细看许久都不曾发现破绽,而且那人看着也不像个骗子。

蓦然,一阵疾风从湖面吹来,这风完全不似刚才的几缕微风那样轻缓燥热,而是带着沁人的凉意快速袭来,湖岸的香樟树在与这疾风的碰撞中沙沙作响,整个树冠都在抖动,还被这突如其来的疾风压着微微向地面俯身。原本挂在天上好久的那几片云,也像装上了加速器般,倏忽间就移了个边。程墨捂住额前不受控的碎发,有些惊诧于这有些怪异的风。

衣袂翻飞间,忽地,一点绿光闯进程墨的视线,那点绿光虽小却奇异地没有黯淡在炽烈的阳光下,也没有消失在怪异的风中,"这绿光好眼熟!"程墨心里惊讶着,微微瞪圆双眼,细细分辨那点绿光,一只萤火虫!

"是他!"

程墨猛地站起来,有些紧张又期待地回头,或许还掺杂着些许的害怕,但意外的是面前空无一人。

"不是他吗?"程墨微惑。

但转念一想,如此奇异的风和流萤,还有谁能有这般神力,不作他想,定然是他了。

程墨又张望四周,最终失望地垂眼,连个路过的游人都没有。程墨回身落座,正待坐定时,一阵轻笑猝然从上方传来。

程墨心里一紧,猛地跳起,脊背霎时漫起一股寒意,险些惊呼出来,但又想起了什么,及时止住即将脱口的尖叫,急忙抬头,只见高高的香樟树上,白发少年蹲在最底端的一截粗壮枝干上,左臂舒展着搭在腿上,右臂曲肘顶在膝盖上,手托着脸,宽大的白色短袖和黑色五分裤灌满了风鼓动着,唇边还挂着有些得意的笑,明亮的双眼也盛满了笑意半眯着,银白的发丝在风中翻飞,周身飞舞着三五只流萤。

"怎么样,被吓到了吧?我厉害吧。"少年朝程墨挑眉,一脸得意之色。

程墨有些无语,看着树上俊美的少年,真的有些疑惑了,"这人真是个神仙吗?倒像个小孩一样幼稚。"

少年见程墨没搭理,也不甚在意,挥了挥手,原本脱缰野马般呼啸的疾风,在少年手下却变成了被驯服的良驹,收缓狂奔的步伐成了凉爽的微风。随后少年纵身一跃,从高高的树枝上跃下。程墨心头一紧,这棵香樟树经过多年的修剪,最底端的枝干离地少说也有七八米,但少年就像跃下几级低矮台阶一般轻松从容。耀眼的银白头发在降落中渐渐变黑,最后稳稳落在程墨面前时,少年已是一头黑发,萦绕在少年周身的萤火虫和飞至程墨眼前的那只萤火虫也消失了。

"怎么样,考虑好了吗?"少年拨了拨有些凌乱的头发,慵懒地在长椅上坐下,拍拍旁边示意程墨坐下。

程墨抿抿唇,坐下,食指不自觉地扣动拇指:"你真的可以让我重新再来一次这个暑假吗?这种事怎么想怎么都觉得不可能。"

"当然啦!你可以质疑我的年龄,毕竟我看着这年轻貌美,确实不像那么大岁数的,但你不可以质疑我的专业能力。论时间溯流,我是专业的!"少年真的就像他看起来的那个年纪的小屁孩被人质疑了般有些气急又有点小傲娇地回答,"再说,那天暴雨的时候你不是都看见了吗?就算我是个魔术师,魔术能控制住那么大的雨吗?能让人回到暴雨淋湿前的状态吗?你都亲自验证了,现在还质疑我,早知道这样我当时就不帮你了……"

少年的话像连珠炮一样朝程墨袭来,还越说越有点儿小委屈了,搞得程墨着实有些招架不住,不得不打断他:"哎哎哎,好了好了,我知道你很厉害了。是我的错,我不该质疑你的,好吧？"

少年撇撇嘴，头微微上扬，眼睛也随之斜向上看，嘴里有些不情不愿地挤出个示意：原谅她了，程墨这才松口气，总算不用再听他叨叨了。程墨虽然嘴上说着相信他，但是现在却越发觉得不太靠谱了，哪有神仙跟个小屁孩一样。

"所以你决定好了吗？是否真的要重启这个假期？"少年收住了之前的少年性情，头转向程墨，黑得仿佛是蕴含了所有的时间、能够透视一切的深邃眼眸紧紧地攫住程墨的眼睛。程墨不由自主地挺直脊背，这一刻她仿佛真的感受了漫长岁月带给眼前少年的威严和深远。

恍惚间，程墨觉得这句话莫名熟悉，但这种感觉转瞬即逝，这淡淡的熟悉感让程墨有些疑惑。

"如果这个假期真的让你留恋到不愿时间继续，那我会给你机会循环这个假期。"少年清朗的声音拉回了程墨的思绪。

程墨回过神，略略思考少年的话，抬头盯住少年浓黑的眼眸："回到过去这种事情可不是小事，我自知没有什么特别之处，你为什么要帮我呢？如果我答应循环这个假期，要付的代价我能承受吗？"

少年笑了起来，转回头看着溯流湖，脸上又露出爱捉弄人的活泼少年神情，仿佛刚才深沉的模样只是程墨的错觉："没想到你还不是很莽撞嘛。但是谁说我这一定是在帮你？"少年挑挑眉，语调轻快，但说出的话却让人捉摸不透。

"不是帮我？那你想要什么？"

"我想要的？我想要你未来的可能性，你愿意吗？"少年侧头，带着笑意的眼睛看着程墨，虽然还是嬉皮笑脸的样子，但程墨却能感受到他嬉笑之下的认真。

程墨心里有些犹豫。为了已经过去的这个假期的循环，丢掉自己未来的可能性,划算吗?程墨越发犹豫了,甚至想要终止这场有些荒谬的交易。

少年似乎看出了她的退缩,说道:"我帮你回到过去,但不会立刻带走你未来的可能性,你会有十次循环的机会。每一次循环的这一天你都能再做一次选择,选择接着循环,还是继续走下去。如果你选择接着走下去,那你就会跳出循环,继续你的未来。如果第十次你依旧选择循环,那你就会一直循环这个假期直到你的能量枯竭,那时候我才会带走你未来的可能性。"

"能量枯竭?"程墨有些疑惑。

"每次循环都是将近三个月一周期,你在循环时空里不会变老,但从第十次循环开始,之后的每次循环都如同你在未来过了将近三个月,到了你原本应该死亡的那一天,循环也就结束了,也就相当于能量枯竭了。"少年耐心解释。

程墨有些动摇,这个假期是少有的让人沉溺的美好,但过去值得用未来来换吗?

"如果选择了循环,你现在的记忆也就会消失,你会重新获得这个假期所有的惊喜、兴奋、喜悦,况且你有十次机会可以选择离开循环;再者即使你最后没有跳出循环,但沉浸在这个假期不就是你最想要的吗?"少年继续说道,最后一句话尾调微微上扬充满了诱惑力,黑得无一杂质的眼眸盯着程墨的眼睛,仿佛是黑色旋涡,紧紧吸住程墨的注意力,无意识地顺着他走,"对啊,我不就是想一直沉浸在这个假期吗?十几年来最快活的一段时光,错过了以后就没有了。"

程墨不由自主地张张嘴,那句"好"已经呼之欲出,但又是那种淡淡的熟悉感涌上心头,程墨霎时清醒了些,思绪被稍稍拉回。刚刚竟然无意识地就顺着他的思路走了,而且他居然能看出自己内心的渴望,程墨越发觉得细思极恐,一时间不敢答应少年。

少年也有些意外程墨能找回思绪，看自己的行动有些暴露，也无所谓，知道现在一时无法说服程墨，但依旧咧着嘴笑嘻嘻地说："看来被你发现了，还挺厉害嘛。你现在不答应也没关系，这个戒指给你，如果你想好了，就将这个戒指中间的蓝环逆时针拧九圈，那我就会出现，带你回到过去。"

少年手里凭空多出一枚戒指，递给程墨。程墨伸手接过戒指，打量了一番，与其说是戒指感觉更像扳指，但比扳指更加小巧精致，白玉制成，大概有一厘米多的高度，两三毫米的厚度，戒指的上下各嵌着对应的四粒细小的绿钻，就像是时钟三、六、九和十二这几点的刻度，中间镶着一圈蓝宝石般的蓝环，程墨试着拨了拨，发现没动，有些疑惑地望向少年。

"只有你真的、非常强烈地想回到过去时才能拨动它。"少年回答道，又接着嘱咐程墨，"如果你在开学日那天之前还没能下定决心的话，你就不能回到过去了，别忘了。"

程墨摩挲着戒指，点点头："我会好好考虑的。"

"我走了，你仔细考虑好了再做决定吧。"少年拍拍衣服起身。

"你去哪里？"程墨有些好奇神仙住的地方。

"谁知道呢？也许是乡野，也许是城市，也许是树上，也许是林间，也许是云中呢。"少年张开手臂，拉长身子，伸了个懒腰，漫不经心地回道，"再见了，小姑娘。"

霎时，疾风大作，程墨一时被迷了眼，猛然间又看见几点绿光。少年的黑发又在风中逐渐变回白发，他回头朝程墨挥了挥手，挑挑眉，得意地笑着，转眼消失在风中。

程墨看着少年没了踪影，突然想起她还没有问他的名字呢！

风渐渐收住了势头，停息下来，一切仿佛就像一场梦，但程墨手里真真切切地多了一枚戒指，细看两眼，有一股比前两次更强烈的熟悉感涌出，不过程墨左思右想都不记得在哪里见过这枚戒指，索性不管。把戒指放置妥帖后，程墨又扫了辆车，一路思绪有些飘忽地回家。

到家已经五点多了，家里饭菜也差不多准备好了，程墨就跑到厨房帮妈妈的忙，端碗的时候一直想着刚刚的事有些恍惚。程妈妈看自己女儿中午跑出去一趟，回来后虽然不再像前几天一样郁郁寡欢，但总是神情飘忽，感觉有些不对劲，吃饭的时候就找了个机会问道："墨墨，你刚才干啥去了？怎么感觉老走神，菜也不夹，一个劲地在那里吃饭，白米饭那么好吃？"

程墨的思绪被拉回来，呆了一下，回过神回道："没干啥，就是去湖边的公园坐了会儿。"然后掩盖性地低下头吃饭。

程妈妈和程爸爸对视了一眼，明显是不信有这么简单，但女儿不愿说，总不能强迫她吧，程妈妈只能夹了几筷菜放在程墨碗里，免得她一直吃白米饭。

"对了墨墨，吃好饭记得开始收拾行李了，后天就走了，别到时候着急忙慌的。"程妈妈提醒道。

程墨听到收拾行李就有些烦躁，心底没由来地就泛起排斥，但又不能对着妈妈发泄出来，只能敷衍地点点头。吃过晚饭，程墨就借着和朋友一起散步的理由遁走了。

程墨和好朋友吴乐乐约在临水边碰面，后天程墨就要走了，明天估计得收拾东西，就趁着今天晚上和还在洛城的吴乐乐最后一次见面。两人在河边走了好一会儿，边走边聊，走得有些疲累，正好在临水桥边，就去桥上倚着栏杆休息。

临水大桥上凉风习习，是绝佳的纳凉之地，前几天下过雨，临水的水位上涨了不少，溯流湖里的水也泛入临水之中，流水较平日更加迅疾，晚上的风也更加宜人。

"后天你就要去上学了,我们得有一学期见不着面了。"吴乐乐趴在栏杆上,伤感地说。

"我真的好不想开学啊,还不如再去读高中呢。"程墨臂肘倚着栏杆,手撑着脸,碎发打乱在河风之中。

"怎么这个假期这么快就过去了?以为时间很长,结果一眨眼就没了。你后天就走了,沈灵逸两天前就走了,我和周颂两人也快要走了,大家各奔东西,以后见面只能在寒暑假,想着就觉得好难受。"吴乐乐说着说着眼圈就泛起了红。

程墨伸出左手搭在吴乐乐的肩上拍了拍,两人心里都有些泛酸,就这样搂着,看着眼前城市的灯火。悲伤的情绪压在程墨的心口,左手紧紧捏着少年给她的戒指,心中情绪翻涌。猛地,戒指上的蓝环被拨动了一下,程墨心里一紧,吴乐乐察觉到程墨身子的僵硬:"怎么了,墨墨?"

程墨看周围并没有什么异常,匆忙掩饰:"没什么,就是可能风有些凉吧。"

吴乐乐疑惑:"现在这么热,这风不还挺舒服吗?"

"我……"程墨一时不知如何作答,还没等程墨想出合适的理由,吴乐乐拿着手机惊呼:"哎呀,都这么晚了,我得赶紧回去了,不然我妈肯定要训我了。"程墨看看手机,妈妈也给她发了好几条消息,催她赶快回家。今晚分别后,下次见面就是半年后了,程墨也有些眼圈红红,但再不舍也要分别了。

"下次见了,墨墨。"

"下次见,乐乐。"

回家的路上,程墨拿出戒指察看,发现蓝环确实可以拨动了,她明白自己心里确实有很大的偏向了。

回到家中,程墨发现自己的一些旧玩偶、旧衣服,还有用过的笔和本子都被堆在门口,她往房间一看,是妈妈正在整理她的东西。

程墨的火气瞬间就蹿上来了:"妈,你在干什么,你干吗扔我东西?"

"干啥,收东西啊,喊你收,你就找借口跑出去,你那么多旧东西,又不用,那玩偶都那么多年没用了,留着占地方啊?后天就要走了,你还不收拾行李,难不成你不去上学?"

"那也不能扔我的东西啊!"

"那些东西都没用了,留着干什么?你上大学了再给你买新的呗。"

"我不想要新的,就想要旧的,我也不想去上什么大学了!"

"你说什么胡话呢,别在那里犟嘴了,我不收了,你自己把你的行李收拾了!"程妈妈也有些恼火,站起身怒气冲冲地出去了。

程墨关上门,眼泪忍不住掉下来:为什么一定要走?我就不想去上学。有了新东西,旧的就得扔吗?那我就不去上学。

程墨拿出那枚戒指,一股脑把蓝环逆时针转了九圈。蓝环霎时放出强烈的蓝光,刺得程墨不得不眯着眼。房间里突然升起一股强风,书桌上书哗哗响,小摆件也在剧烈摇晃,少年出现在蓝光中,白衣白发,周身飞舞着几只萤火虫。他走向程墨,握住程墨的手腕:"看来你这么快就已经决定了。走吧,我带你开启你的过去之旅。"

程墨感觉到手腕上传来一股力,顿时身子一轻,和少年一起飘向半空。程墨惊讶得合不拢嘴,周围的场景慢慢剥落成碎片飘在空中,碎片之间射出巨大蓝光。少年带着程墨飘向只有蓝光的那一点,程墨心里既紧张又兴奋,好奇地环顾四周,看见了自己房间的碎片和过去回忆的残片。

飘至蓝光最盛的那点前,少年将程墨从身后拉至前方:"就是这里了，去吧。"说罢猛地将程墨往那一点推去。程墨毫无防备地被松开推离，惶恐和紧张顿时涌上心头，想要拉住少年的手，但那个点的强大吸力吸得程墨无法脱身。少年见程墨如此惊慌失措，安抚道："没事的，一会儿你就回到你高考结束出校门的那一刻了。"说完俊美的脸上却带着看热闹的笑容欣赏程墨的惶恐。程墨看着少年欠欠的表情，顿时有些火大，惊恐都消退了大半，但蓝光逐渐盖住眼前的一切，少年的身影也渐渐变小。程墨突然想起自己还不知道他的名字呢，便大声朝少年喊："你叫什么？我还不知道你的名字呢！"

程墨看见少年笑着张张嘴，不过距离太远了，没能听清，程墨还想挣扎着再问问，但蓝光瞬间侵蚀了一切，程墨没了意识。

（二）

丁零零……"本场考试结束，请考生停止答题，将……"

铃声响起，随着庄重的女声播报，程墨停下笔，听着监考老师的指令站起来。乍一收笔起身，程墨脑子昏昏沉沉的，一种刚刚运动完精力被耗尽的空虚感涌上心头。她机械地理好试卷答题卡，等待着监考老师收卷。走出考场时，离日落还有段时间，但太阳已经有西沉之势，天空晕染上淡淡金黄。程墨原以为考完最后一门，自己会高兴得不知所措，但现在却是有些茫然得不知所措，心里波澜不惊，并没有想象中的惊喜，仿佛就像以往每一场大大小小的考试考完了一样，总觉得等会儿还要回到教室接着上自习，像在一场不真实的梦里。手里透明笔袋里的准考证和身份证，让程墨有些回神，微微地落回实地。

校门口，离开考场的考生们蜂拥而至，等待着门禁的打开。

程墨幸运地留在本校考试，不需要同拥挤的人潮一起等待校门打开。她径直走向学校安排的自习室，但前半段路，逆着涌动的人群行走，着实有些困难。夏日的风也带着燥热，程墨走得眉头紧蹙。好不容易脱离人群，程墨深吸一口气，揩了揩沁出的细密汗珠，松了口气："总算出来了。"

自习室里还没有人，绝大多数同学都在外校考试，还得统一坐大巴回校，而且很多人已经将东西全部带走了，估摸是不会再回来了。程墨的书本练习册前几天也已经陆陆续续带回家了，现在要带走的东西已经很少了，她将笔袋和桌上仅有的几本书装进书包，拎起箱子看一看这个没待多久的自习室，就离开了。路过教学楼时，程墨很想再回到教室看看，但教学楼还在封锁中，而且现在还要赶去和在其他考点的吴乐乐、周颂、沈灵逸会合，晚上还得一起去吃饭呢。

到校门口时，校门还没开，考生们几乎全在这里聚集等待开门，人山人海的，天气又闷热，程墨站在人群里有点窒息。等了十分钟左右，校门总算打开了，好些同学欢呼着冲出校门，程墨心里也渐渐被后知后觉的喜悦填满，随着蜂拥的人群兴奋地走出校门。走出校门的那一刻，程墨的脸唰地白了下来，眼前一花，脑子空白了一瞬间。等回过神，程墨发现自己停在了门口中间，挡住了后面同学的路，程墨连忙道歉，继续向前走。到了斑马线，程墨看见爸爸妈妈站在以前接她放学的树下等她。程墨单手提着箱子，腾出一只手朝他们挥动，程爸程妈看到后也挥手回应。

程墨带着箱子走到爸妈面前："爸妈，那我先走了，这些东西你们就先带回家吧。"程墨把箱子递给爸爸，之后卸下书包准备递给妈妈。程墨递过去松手时，脑子里突然闪过杯子被摔碎的画面，而且不止一次，但都是同一场景，好像就是现在。下一瞬间，程墨听见啪的一声脆响，妈妈没接稳书包，放在侧旁的玻璃水杯摔碎了。程墨愣住了。"刚才那是什么？怎么像提前预知了？"但程墨没细究，"可能以前梦过了吧。"

程墨帮妈妈捡起碎瓷片，扔进一旁的垃圾桶，恢复兴奋，接过好久没见的手机，就和爸妈分开，扫了一辆单车，骑向约好一起吃饭的地方。等考点最远的周颂到后，好不容易挣脱牢笼的几人开始疯狂地玩耍，吃饭、逛街、唱歌，但原本应该越玩越兴奋，程墨却不知道为什么愈发觉得枯燥，有一种好像玩过好多次的厌烦，但这明明是以往苦读时从没有过的。最后唱歌的时候，程墨象征性地唱了几首歌后，就坐在沙发上保持笑容看着其他几个朋友闹，周颂拉着她一起玩，程墨都以有点头晕推拒了。沈灵逸有些疑惑地问："墨墨，你今天怎么了？要是不舒服我们就回家吧。"

"没事儿，我就是有一点头晕，没关系，可能是刚刚喝了瓶鸡尾酒吧，一会儿就好了。"程墨不忍心扫朋友们的兴，忍着内心的不适和她们玩到很晚。

回家后程墨实在不明白今天怎么了，感觉很有些不对，但什么也想不出，便也不费劲了，想着睡一觉就好了。但程墨没想到整个暑假都是如此，很多次她脑子里都闪现了下一秒发生的事，而且每次都闪过好多次一模一样的场景，程墨留意了一下，几乎每次同一场景都会闪过九次，程墨完全不懂这是什么，而令程墨痛苦的是，每当遇到原本应该很高兴的事，她心里都会泛起一股厌烦感，稀松平常的事情倒没有什么，但只要应该高兴、兴奋的时候就会厌恶，就像是对快乐过敏。在高考出分的那天，程墨熬夜查成绩，在登进系统的前一秒，程墨脑海里闪现了好多次自己的高考成绩：608，结果真的是608！这个结果让程墨瞬间觉得很是惊悚，连高考分数都能预知！而且原本这个分对程墨来说是超常发挥，应该是欣喜若狂，但程墨心底却涌入一股厌烦、枯燥感，让程墨痛苦万分。这将近三个月，时不时会发生这样的事，仿佛这个难得的假期里的惊喜感、愉悦感全部被消磨殆尽，这种感觉折磨得程墨很有些崩溃，和爸妈说了后，他们总觉得她是学傻了，哪里有人能预言未来，程墨没办法，而且程墨总觉得这不像是预言，反倒像是重现。虽然这频发的怪事让程墨临近崩溃，但程墨心里总有个预感，在假期快结束时一切都会揭晓。

八月底，时间越走，那种真相即将来临的感觉就越强烈，而且预见未来的时间就越早，虽然没早过一分钟，但也让程墨规避了好多小麻烦，比如衣服上被画了小笔印，碗被摔碎了，踩到光滑的地方摔了，直到八月二十八日那天。

那天是沈灵逸离开去上学，程墨和吴乐乐、周颂一起去送她。程墨出门的时候看天气预报，说今天是晴天，但是恍惚间，程墨看见了自己在雨中狂奔的样子，于是程墨带了把伞才出门。程墨家附近没有直达火车站的公交车，还得先扫辆单车骑大约十分钟到武乐广场搭公交车。程墨在武乐广场锁车时，心头微微一动，抬头，隔着人群看见一双黑得惊人的眼睛，但一转眼就不见了，程墨向四周张望，却再也没看见。程墨有感觉，一切都和那双眼睛的主人有关，现在还不是见面的时候。

在车站送沈灵逸时，她们看见程墨出门拿了把伞颇有些好奇，沈灵逸调笑道："哟，我们的程墨女汉子也知道带把伞遮太阳了？"

"说不定等会儿就下雨呢，天气预报总是不准，而且我天生就不容易晒黑，这么一小会儿太阳可晒不黑我。"程墨得意扬扬地回损，那副欠欠的表情让沈灵逸三人都忍不住作势打她。

"嘿哟喂，你可真欠，那我们下次出去玩，你别蹭我们的伞了，看不把你晒成个煤球。"吴乐乐回怼道。

程墨没怼回去，只做了个鬼脸逗得大家笑起来，但这时程墨的内心却是波澜不惊。

没一会儿沈灵逸就要进站候车了，四人约好寒假回家再聚后，依依不舍地分别了。原本准备三人再玩会儿，但吴乐乐和周颂都临时有事走了，程墨也没有挽留，她知道这是必定的，而且她准备去寻找真相了。她有预感，等会儿的暴雨就是和这有关，一会儿那双眼睛的主人就要出现了，她倒要看看到底他是人是鬼。原本程墨也有些怕这些东西，但是这几个月对程墨快乐感的消磨，让程墨的神经已经有些麻木了，只想找到这一切的真相。

回程时，天空果不其然出现了乌云，并逐渐累积成欲滴的浓墨。公交车到站武乐广场，经过正中间摆放的日晷时，一声炸雷响起，闪电划过天空，雨倾盆而下。很多人在看见之前的天色就已经匆匆赶回家了，只有少数还没来得及赶回家的行人用手或者包挡住头急匆匆地离开。原本程墨也是其中一员，但是现在程墨撑开伞，慢悠悠地顺着感觉走到了广场背后一处被花坛挡住的便利店。便利店前摆放的遮阳伞下的座椅上坐着一个人，巨大的伞盖挡住了他的脸。程墨心中的感觉强烈到顶峰，是他！

程墨走近那人面前，一张帅得不可方物的脸赫然映入眼帘，程墨以往从未见过如此俊美的人。那人不是那种成熟的俊美，他身上有一种少年稚气，有溢出的少年神气，令人看着就充满生机活力。简单的白T、黑五分裤，却无比的清爽干净。

少年拿着一杯果茶，坐在椅子上微微抬头看向撑着伞的程墨，亮得惊人的纯黑眼眸有着摄人的美丽，深邃得似乎所有的时间都藏在他眼中，脸上洋溢着充满生机的笑意，浓重的熟悉感袭来,他们似乎已经见过很多很多次,而且程墨总觉得少年应该是一头白发,身边飞舞着三两流萤。程墨这个想法刚一冒出,少年的头发就瞬间白了,身边也不知怎的出现了几只萤火虫。周围的时空好像也被暂停了,天上降落的雨静止在空中。透过玻璃门,程墨看见收银台里的店员一动不动地立在那里。

如此神迹让程墨惊异地瞪大眼睛,也有些惧怕:"你到底是谁?我这个假期的遭遇是你干的吗?"

"看来你果然开始觉醒了,心中的执念都变化了。"少年没由来地说了这句话。程墨更加迷惑了。

"你的经历虽说有我的成果,但是归根究底还是你选择的。"少年喝着果茶,慢悠悠地回答着,"至于我是谁,我也不知道,但用你们的话来说,可能类似于神仙吧。"

少年话里的信息量一时让程墨接受不了:"神……神仙?!我自己造成的!你瞎扯吧,怎么可能?"

"什么不可能,是说你自己造成了你的遭遇,还是说我是神仙这件事呢?"少年向程墨挑挑眉,程墨莫名觉得这个挑眉很熟悉。

"我两件事都不相信,你怎么证明呢?"虽说看到了神迹,但程墨还是不死心地问道。

"你看看现在的场景,是普通人能做到的吗?别再欺骗自己了,如果你想知道一切的话,那你也只能相信我是神仙。我会告诉你一切,但还不是现在。这样吧,两天后你在溯流湖边找一个长椅坐下,到时候我会把一切都告诉你。如果你相信我,你会得到一切的真相。"少年说道。

程墨心里明白这个少年确实不是一般人,而且自己所遭遇的一切一定与他有关,加之他能做出这般神迹,她不相信也得相信。程墨应道:"那我两日后会到溯流湖边等着。"

少年见她答应便说道："行吧！那今天就先到此了，你我两日后再见。"少年打了个响指，一切恢复如初。雨水又开始落下，店员也开始动起来，少年的白发变成了黑发。周围的萤火虫也神奇地消失了。

程墨向少年点头致意，便转身准备回家。走到拐角，程墨隐约听到少年喃喃地说道："没想到她现在竟变得如此的好说服，都不用再用法力将她衣服变干了，不过这次她也没淋到……"程墨有些无语，但也没说什么，直等到两日后揭晓一切。

（三）

程墨已经在溯流湖边等了好一会儿了，八月末的午后依旧闷热，溯流湖也恹恹无力，湖面在阳光下波光粼粼，一切让程墨感觉无比熟悉，连温度都让人熟悉。

也不知道他什么时候来，不会是个骗子吧。程墨暗暗揣测，但那般的神迹，肯定没办法骗人，而且他看着也不像是个骗子。

思忖间，蓦然，一阵疾风从湖面吹来，带着与众不同的凉意，一只萤火虫飞入程墨的视线。

是他！

程墨正打算回头，却下意识地抬头，高高的香樟树上，依旧是白发少年蹲在最底端的一截粗壮枝干上，左臂舒展着搭在腿上，右臂曲肘顶在膝盖上，手托着脸，宽大的白色短袖和黑色五分裤灌满了风鼓动着，银丝飞扬，周身飞舞着三五流萤。

这一幕熟悉得让程墨想落泪，是他，她想起来她在这里见过他很多次，每一次都是捉弄她后得意扬扬地笑，像一个调皮的少年郎，但是这一次他没有笑，而是带着神仙的威严和博大。

他跃下树,像以往的每一次一样落在她面前,他说道:"看来你已经想起了很多,现在我把你所有记忆都还给你吧。"原本清亮的少年音染上了庄严,给人不容侵犯之感。他挥挥右手,一只流萤刷地飞进程墨的脑海,速度之快让程墨甚至来不及惊吓。

但程墨马上呆滞在原地,头上冒出细密的汗珠,她想起来了,她想起了一切,不只一切还有更多,不仅是她的十八岁,还有她的二十五岁,原来她现在不是十八岁,而是二十五岁。只是她的二十五岁并不幸福,程墨抹抹脸,脸上已布满泪水,还有泪珠在继续滚落。

程墨的二十五岁并不幸福,独自在离洛城很远的大城市拼搏,但办公室里的钩心斗角让她每日都心力交瘁,妈妈的身体也渐渐衰弱下去,但自己没有办法回到洛城,也没有这么大的能力把父母接到身边,以前的老朋友也在天南海北很久没联系。程墨二十五岁生日那天工作一天后回到出租房里,点了份小蛋糕,想着刚刚电话里爸爸说妈妈现在身体有些糟糕,她手里攥着手机想要打给吴乐乐、沈灵逸和周颂,但太久没联系了,程墨已经不知道怎么开口了。一瞬间程墨感觉像是溺水的人,悲伤压抑得她有些喘不过气,她真的好想回到过去。她点上蜡烛,虔诚地祈祷,请求能有个神仙帮她回到过去。一睁眼,阳台上真的坐着一个白发少年,还有几只萤火虫……

"我想起来了,是您让我回到这个假期的。"程墨声音有些颤抖,"我可以一直在这个假期循环吗?"程墨带着哭腔向少年神请求道。

少年神有些悲悯地说道:"你已经挣脱循环了,我不能再帮你了。而且,这次循环是你自己意识觉醒挣脱的,说明这么多的循环已经让你排斥了,如果再循环下去只会让你这段美好的回忆变成折磨你的囚笼,这并非我让你在这个假期循环的本愿。"

"但是未来一点都不美好，我想留在过去。"程墨哭着说道。

"过去之所以美好是因为它在你的记忆里被无限美化。二十五岁的你虽然很痛苦，但你的未来还有无数的可能性。你妈妈还能在治疗后痊愈。如果你主动去联系你的老朋友，曾经那么好的朋友怎会说散就散？一切事在人为。你可以让你在未来多一份美好的过去。"少年神劝慰道，"我让你回到过去，是为了让你在再次经历过去之后重新获得一份勇气，能够面对未来。过去固然美好，但是给予你力量的过去才是真正美好的过去。如果一味沉溺于过去，那么再美好的过去也只会成为你的累赘。你真正意义上的循环有九次，回想一下，你是不是能感觉到你那时候的活力与能量？你不愿意开学，也只是二十五岁的你只愿沉浸在那一段记忆中。但你细想一下你最开始不也是很憧憬未来吗？"

程墨回想了这么多次的循环和一开始的那段回忆，那些开心的事，那些温暖的人，仿佛又让她充满了力量，或许她应该开始准备新生活了，而不是逃避。

"那我该怎么回到现实呢？"程墨又燃起斗志，仿佛又成了十八岁的程墨。

少年神笑了，又成了明媚少年："闭上眼睛，再睁开就能回去了。"

"但我还有个问题，你为什么要帮我呢？"程墨困惑道。

"或许就是缘分吧。"少年神眼神闪烁一下，但只用玄而又玄的"缘分"回答。

程墨也没深究，那可能只是这位少年神突发的善念。

"对了，循环九次了，我还不知道你的名字呢，可以告诉我吗？"程墨有些好奇。

"之前有个老夫子在河边感慨'逝者如斯夫,不舍昼夜',我觉得说得挺有意思的,就取了个名字叫川逝。"少年神挑挑眉,在度过这么漫长的岁月后,他依旧有着无限活力。

"我还有最后一个问题,这一切是真的吗?"

"真真假假谁又知道呢,说不定是真的,说不定只是一场梦。睡吧。"川逝挥挥手。

程墨不自觉地闭上眼睛,忽然感觉光有些刺眼,睁开眼,外面已经天光大亮。程墨从床上坐起来,她似乎做了好长好长的一个梦,但无论她如何回忆,都不记得内容。不过,她感觉现在的自己好像浑身充满能量,就像这个梦给了自己向前走的勇气。"这可真的奇怪。"程墨思忖,但她也没多想,现在的她只想赶快回家看看妈妈,打个电话问问老朋友们。

程墨起身,发现桌上那枚小时候捡的戒指似乎有些不同了,感觉像是暗淡了不少。忽地,程墨眼角余光好像看见窗边有只萤火虫。

钓　鱼

李逸欣

那是一个小小的村落,虽然扶贫工作已进行得差不多了,老徐一家人却还是住在小土房里。倒也不是工作做得不到位,而是他就是不愿意搬家,也不愿意自己去修新房子。村里的人都骂他古板、固执,他只是左耳朵进,右耳朵出。

村里的人三番五次地来做工作,他也只是微微摇头。

说的是一家人住,其实现在家里就两个人——老徐和他的妻子。他也是一大把年纪的人了,怎么会没有子女呢?

原来啊,他的儿子在隔壁村当村干部。老徐对这原来的土房子有着别样的感情寄托,他觉得现在的房子挺好的,生活也挺富裕,不愁吃穿。儿子不在这儿住,自己也就没有必要换新房子了。房子大,反倒空落落的,也没必要。

老徐的儿子小徐平时工作挺忙的,年轻力壮嘛。他对村里人格外上心,尽职尽责地做好自己的本职工作,在两个村里面都留下了很好的名声。老徐对他的儿子十分满意,并引以为傲。

可是小徐不能经常回家,这一点让老两口觉得十分空虚。明明儿子离自己不远,却实实在在地感受到了那种思念的痛苦。

老徐五十好几了,一直盼望着能抱上个大胖孙子,可是小徐一门心思扎在工作里，也没找着个对象，这可把老徐愁坏了。

要说外貌，这小徐可是一点都不差，一米八的大个儿，精壮又能干，眉毛粗粗的，五官周正。

老徐也有手机，但用的是那种最早的按键手机，他学不会智能手机，就这样将就着。每个星期，小徐和老徐都会不定时地通电话。听着儿子的那句"放心吧，爸。我这边一切都好，就是工作太忙了，没能经常回来看你们二老，是我的不对。"

老徐的心头一阵苦涩。

最近几天阴雨连绵，村子有发洪水的迹象。村干部纷纷上门叮嘱，让家家户户准备好应对洪水的措施，以防万一。

村子里面树比较多，雨如果下得特别大的话，树枝会被打下来。有的树年龄比较大了，枝干粗壮，甚至有从根部断裂的可能。在紧急情况下，它能成为救人的物件儿。

老徐这两天心里也是紧巴巴的，眼皮子一直跳，他给儿子打电话过去，语音总是说对方正忙，无人接听。村上的工作安排很是紧凑，每天都会有人去值班。他特别担心儿子的安全，又知道自己的儿子肯定会在这种事情上冲到前线去，自己肯定得劝着点。可是眼下这电话没人接，他很难不多想。

雨果然没停。

这两天村里的雨已经大到发洪水了。老徐看着村上的人都没出门，出去的人又回不来，害怕极了。

天天给儿子打电话，都没有人接。给村上他的同事打电话，人家也只是说"好着呢！"老徐听到那边急促地挂断电话，心里很是着急。他想听到儿子的声音，越是这样他就越有种不好的预感。

这两天老徐憔悴得连饭都吃不下，两个眼袋大大地耷拉着，嘴唇也没了气色，只是青紫。

过了几天，隔壁村的村干部们拿着小徐的衣服来到老徐家里。老徐一看就傻眼了，扑通一声，跪倒在了地上。

后来他躺在床上，慢慢地醒过来，努力地想听清楚他们在说什么。他听村支书说小徐在抗洪救灾的一线为了救一个小孩，一下子跳进了水里，水上有一根圆木飘着。他用尽自己最后的力气，把小孩子拖到了圆木上，最终被救援队救下了。他自己却没了力气，被水冲走。

当时有十几个人都围了过去，还是没能挽救住他。

医院里，一个和小徐关系最铁的同事哭了几天几夜，眼睛似乎快哭出血来。

他们在水里没能找到小徐的手机，也没有徐老汉的联系方式，没能第一时间通知到位。

老徐傻眼了，这一刻，他心如死灰，看着妻子在旁边撕心裂肺地痛哭，他也有了想死的念头。

可是他不能死，他知道儿子是为了救人才牺牲的，自己不能这样窝囊地死去。

自那以后，老徐每天都会带着儿子生前相关的生活物品，穿着儿子生前给自己买的衣服，一瘸一拐地去隔壁村的湖里钓鱼。

洪水过后，大家的房屋都受损了，但是救援队没让一个百姓的生命受到伤害。大家对救援队都感激涕零，纷纷拿来钱财和食物表达感谢。

村委会也极力赞扬，尤其是对小徐的英勇行为。奖金、横幅、荣誉证书一样没少。

可是老徐并不想收藏这些东西，他只想要他的儿子回来。

老徐一边钓鱼，一边看着那片静悄悄的湖水。水面似翡翠一般的绿，偶尔飘下来几片落叶，划过老徐的脸庞。他不禁想出了神，一个人喃喃自语道："人家都说钓鱼可能会钓到水鬼，你这个坏孩子，怎么还不回来看看我啊……"

世间景语

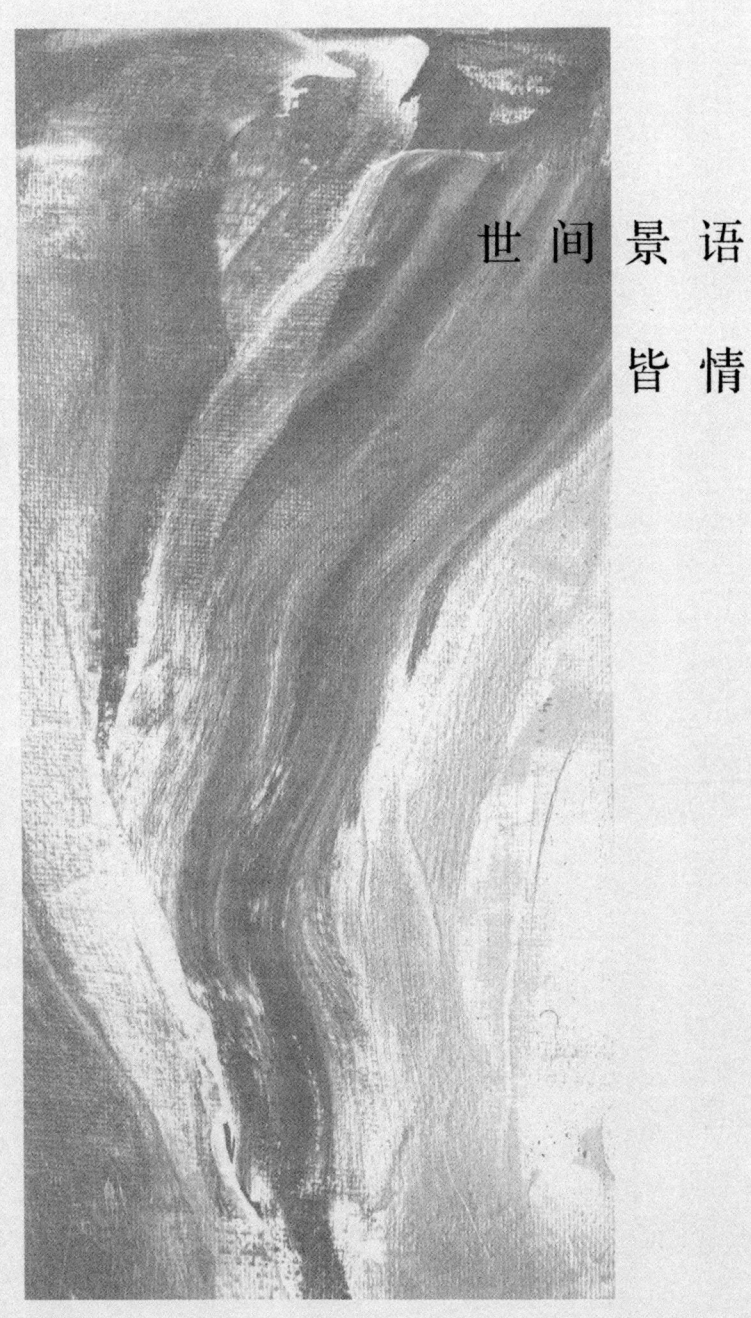

皆情语

风雨的呢喃

徐丙男

在那些没有高楼大厦的地方,风似乎也是要大一些的。小时候住的小山村里,成片成片的树在风中沙沙作响。湖泊也是成群的,风吹起时显出的涟漪在阳光下鼓动。小山村的韵味,在湖里的涟漪和树林的沙沙声中回旋,漾来漾去。

过去的人们安然度过夏日,蒲扇似是人手一把,不怕热的孩子们顶着烈日四处探险。在草帽和摇动的蒲扇里探到了夏日的朴素和简单,在抢收抢种的气氛中窥见了夏日的忙碌。人们总是在晚饭之时,搬出桌椅去到门口,在夕阳的余晖下,在落日和晚风里结束这平淡的一天。最喜欢的便是停电时,点上几根蜡烛,烛火跳跃,火舌温柔,虽是暗淡却又能看见一家人在跳跃的烛火中做着自己的事,昏黄的烛火也给一切蒙上了一层恬静的光辉。停电时没有电灯通明的家里,简陋中显出处处温馨,如一堆燃烧的干稻草,火光照在每个人脸上,温暖着一个个心灵,在毕毕剥剥的声响中慰藉着每个人。

总有人要背井离乡,不仅仅是工作,也有为了随着年龄增长而来的学习生活,到更加广阔的空间接受风雨的洗礼。看到过一句话:"城市是乡村的怪胎,许多的空旷越来越紧密地被高层建筑挤占,似乎不占尽空间就不足以称城市。"城市在高楼大厦的阻挡下似乎切断了与风的联系。电扇空调在夏日里担负着降温的使命。然而在一路树荫下，有时也能见风悄然而至，抚着一寸又一寸皮肤，感觉也依旧。

　　亲人工作后去了沿海城市，台风似乎是那里最大的威胁。台风过后，遍地狼藉，粗壮的树枝甚至直接卧在了地上，断成几截。人们在那之后惊魂未定，而这对于自然来说，不过是一次微小的波动罢了。从小到大我都对夏天的大暴雨情有独钟：夏日午后，不是黑沉沉的乌云压着人们喘不过气，而是一场突降的大暴雨，伴随着狂风，坐在窗边，大风中也免受了蚊虫的侵袭。虽是夏日，却又莫名有了一种"秋天漠漠向昏黑"之感。狂风暴雨中睡觉有了一种莫名的宁静平和，仿佛来自灵魂深处的洗涤。

　　风中听雨，听雨的潇洒，听雨的沉思；夏日听雨，听雨的狂骤，听雨的快乐。人生如逆旅，跋涉之时，风餐露宿，已经承载了太多的小船不堪重负，在感风听雨时再过滤一遍生活，世俗的烦恼如过眼烟云，我亦是行人，只留一个好心情，待晴日时整装再出发。

养花记

张蕴谡

打小我就有养植物的习惯。

最开始是帮我姥爷浇花。以前家里窗户外面添了铁架，搁窗外放了块木板用来放姥爷的花花草草。那时候浇花用的还是那种得先往里打气才能用的喷水壶，我图好玩，放学回家蹲姥爷窗户边一顿咣咣咣往壶里猛打气，直胀得壶里再加不了气，然后七咔二五就往外面猛呲水。

其实我是在找机会打水枪，但我总归在姥爷跟前认识了我家的那几盆花，挂起来的是吊兰，大叶的是君子兰，还有带刺的是芦荟。

再长大些，我们家就搬到冬暖夏凉的一楼去了。一楼阳光被遮挡，家里光线最好的屋子自然给了姥爷养花，光线稍暗的那间给了姥爷养金鱼。都说人有思乡之情，我看姥爷的金鱼搬家后也有点想念以前那间小屋。原本一缸极漂亮的金鱼和热带观赏鱼都水土不服，争先恐后地从缸里蹦出来做了姥爷花盆里的天然养料。金鱼能不能堆肥我不知道，总之那几年姥爷的兰花总能开一茬极漂亮的花。

刚搬家时我家里多了一盆滴水观音，好像是别人送给我家的乔迁之礼。那盆滴水观音极高大，约有两米高，平时长得郁郁葱葱枝繁叶茂绿叶肥大。摆在客厅里，给一楼略显阴暗的客厅带了一抹明丽。

或是总觉得我会扒着叶子舔似的,家里人三番五次地告诫我不可以喝滴水观音滴下来的水,有毒,喝了会翘辫子。还好我没有跟家里人对着干的习惯,说不喝就不喝,最多好奇地碰碰叶子把水滴甩在我姥爷头上。后来不知哪天,可大一盆滴水观音说不行就不行了,在一个不甚明媚的午后连着大瓷盆被我姥姥丢到了小区的垃圾桶里。

另外一盆印象很深的是姥爷养的芦荟,芦荟长得一直挺不错的,直到后来有一阵子我皮肤干,出水痘,在网络文章的怂恿下,带着一把厨房小刀走向了芦荟。从此往后,我家那盆芦荟总是断着半截,不过好像芦荟挣扎着活着等我长大了,现在在我家完完整整地安养晚年。

我自己正儿八经亲手种草的经历就一次,是一袋附赠在王子饼干里的草种。好像是迎合地球日推出的活动,我兴冲冲地找了个小白盘,从小区院子里偷了土,精心培育我的那盘野草。它倒也争气,没三两天便从土里蹦出来了,一连汹涌地长了好几天,并在某一天突然停止发育,从此萎靡不振半死不活。又是在我记不得的哪一天,连盘一起被我妈丢进了垃圾桶。

高中时听说多肉好养活,我特地在小书桌上摆了几盆多肉。那几盆小多肉娇娇嫩嫩,看得我心里欢喜,学累了没事就扒拉一下小叶子。只可惜没过多久被我养死了。

后来住校时我不信邪,给前男友买花时顺便又买了盆小多肉放在我课桌上精心照顾。那盆多肉叫桃蛋,也很惹人心疼,我起名叫它熊蛋蛋。可惜,熊蛋蛋在第一个晚自习时就因为我课间打闹被撞下桌去。后来我拿裁了一半的矿泉水瓶给它搬了新家,并郑重其事地放在了我的宿舍阳台上,希望小朋友能茁壮成长。但可惜某天被宿管再次碰倒在地，从此郁郁寡欢日益消瘦。桃蛋之死宣告了我此生和多肉无缘。

  再次养花已经是几个月前的事情了。托我一个姓鱼的朋友的福，她曾向我推荐本地一个植物市场，之前她从那里抱了棵桂树回去。有次吃完饭路过，我突然想起来这茬事，拉着室友逛了一圈。我空手进去，出来时买了一盆桂花、一盆小辣椒、两盆菊花、一盆小白花。所有植物里我最喜欢桂花，其次是茉莉。买的那盆是银桂，香气淡淡的，得趴近了闻。希望你能好好长大，今年入秋就拿你做桂花圆子吃。

  买小辣椒纯属是好玩的心思，但没想到几盆花里就数它最不娇贵，长势最喜人，这几天已经开始结果了。过两天等它再长大一点，我就把它炒进回锅肉里。买的时候看图片是朝天椒，但这体形有点胖，我怀疑是它墨西哥亲戚。

  还有几则无心插柳柳成荫的事情，多半是缘由我把菜遗忘在角落。土豆发芽大蒜长芽那都算是常规操作。去年冬天买了袋洋葱炒孜然羊肉吃，冬天过了羊肉没了剩了一颗洋葱陪我。我当时没在意，过了五个月居然长出葱来。这洋葱倒是生命力旺盛，在我家黑暗无光不见天日的储物间跟洗衣机长相厮守半年，长出来的葱居然郁郁葱葱葱葱郁郁。

  另一个是无意间刷小红书看到的，水培牛油果。刚好那阵子减脂买了一袋牛油果，剩了最后一颗时想起来这回事，遂洗好核拿厨房纸沾水包好，放进了我攒下的红豆腐乳罐里密封保存。过了两三周，这小东西也挺争气，长出芽，把核给撑裂开了。过两天再长出一点，我就把它丢进我家的酒瓶里，我相信在不久的将来就能过上牛油果自给自足的生活。

  中国人多少都有点乡土情怀，说白了都喜欢琢磨着怎么在自家后院开垦出一片菜地。现在想想我也一样,长这么大总喜欢玩些带种地的游戏,偷菜如此,摩尔庄园亦如此。

最后还有一句,你永远可以相信植物的生命力。

樱笋年光，向阳而生

陈　琳

阳春三月，有花有鸟有少年。樱花点缀着文波楼，细柳拨皱了晓南湖。

刚出寝室楼，没有迎来想象中和煦的春风，而是一股夹带着冷气的寒风。初春的天气简直是大写的任性，气温比莎士比亚的戏剧还要跌宕起伏，总是让人陷入穿衣凌乱的窘境，不过这倒是给朋友圈文案提供了素材："前一天我露着腰，后一天我裹着貂，两天我过完了四季。"初春的天气着实让人无奈，但人们都愿意等待短暂寒冷之后久违的温暖。

在包子铺买上一杯豆浆，一块小米糕，早餐就完美解决了。虽是周末清晨，但包子铺的生意依旧火热。我加入了"边走边吃"速行大军。这是一支神奇的队伍，没有领导，但有纪律。队员们或是在题海沉浮的"考研党"，或是大胆创新的"项目人"，或是积极勇敢的"竞赛族"，抑或是专注提升的"内卷王"。不论是何身份，大家都有着心照不宣的目的地——图书馆。

行至晓南湖畔，一抬头，就能看到九孔桥上的行人，带着书香气儿的人和湖水一样清澈。湖边的最佳观景点是木廊，在那儿可以欣赏大自然这位伟大的"复印师"的杰作，它把九孔桥、湖边的绿柳、湖上的小船，乃至每棵树、每朵花、每根草都复印在晓南湖上，最绝的是这"复印件"会望风而动，实现零成本动态打印。

复行数十步，文波楼侧的樱花瞬间夺去了我的目光。

白色的、带着淡淡的粉的小花朵儿一堆一堆地簇拥在一起，这是一群有脾气的小樱花儿，若是哪处的枝得了它们的欢心，它们便凑到那里欢喜地为它装扮，但若是没有入了这些骄纵的小花儿的眼，就只能孤零零的一根枝搭在半空，眼睁睁地看着小花儿们宁愿躺在地上也不愿意靠近自己。到底什么样的枝能得到樱花的欢心呢？我找啊找，找到了谜底——樱花向阳而生，它们是阳光忠贞的追随者。

樱花七日，向阳而生，绚烂的灵魂虽无力抵抗生命的短暂，却绝不屈服于寒冷阴暗。

阳光下的樱花更热烈地绽放，洒落一地斑点为观赏者遮住刺眼的光芒。疾走的学子们纷纷驻足仰望，是沉浸于这片粉色的花海，还是透过小小的樱花看到了逐梦的自己呢？我只觉，灿如樱花，灼灼其华，也遮不住逐梦少年的光芒。

逐梦少年，风华正茂，即使面对困厄险阻，也绝不停止奋斗的脚步。

阳光之于樱花，恰如梦想之于奋斗者。校园的樱花树下，是为理想拼搏的学子。而在祖国大地上，无数的樱花树下，是无数为梦想拼搏的中华儿女。向阳而生的，是樱花，更是每一位奋斗的中原人。

樱笋年光，樱花向阳，你我逐梦，为梦拼搏的中原人与向阳而生的樱花碰撞出灵魂的火花，向奋斗者致以最崇高的敬意！

山，再唤我一声

陈垠龙

我是想家了。

回忆的烟波时浓时淡，缥缈于光阴瀚海尽处，诉说岁月悠长，编织无数心绪，常在夜阑人寂时，濡湿我心。居异地，处他乡，故里就成了那夜里升起的梦，梦里逡巡的歌，歌里飘摇的情。步入大学后，才觉故乡和我隔了一层轻纱。

我循微浅星光，走过一盏又一盏路灯，一丝一缕的光线，是暗夜里最深情的凝望。晚风轻拂，揉碎了每一朵小精灵的梦，伴着荧荧灯火，在湖面漾起一首又一首诗。我徘徊在月湖一隅，目遇大自然的每一首诗篇，冥冥中，乡愁也被灯光无限拉长。我注视着湖面，试图在泛着潋滟水波的绸缎下，打捞起一个氤氲着水雾的故乡。

我的故乡有一条江，它比月湖更蜿蜒曲折，比月湖更澄澈无瑕，它有一个诗意的名字——嘉陵江。江水泱泱，轻轻荡漾，时时刻刻在我的心里汹涌澎湃着。我是个大山的孩子，儿时我时常趴在嘉陵江外的栏杆处，一望再望，不解地思忖：山的那边，会是海吗？那儿会比嘉陵江更大、更宽吗？就这样，一个又一个疑问填满了我懵懂的心。指针滴答，岁月不停流淌，后来啊，我也终究成了嘉陵江里的那一滴江水，不停息地奔向远方，来到小时候素未谋面的山的那边，也明白了为什么有人离开故乡，就忘了回家的路。故乡却只能留在原地，见证一代又一代。

若问：我的故乡漂亮吗？漂亮？着实谈不上。纵使江山辽阔它也不曾壮丽，却总是在幽冥长夜里偷偷溜进我的梦里。故乡的云是凝聚万种风情的沉，故乡的雨亦如细筛的泣泪化为彩蝶的纱。此时，晚风缠绵在我的耳畔，关于故乡的长镜头在我脑海里一帧帧放映，故乡的山河在我眼前以倍速扩大，扩大到我能看到石子缝里掉落的谷粒，墙角旮旯处飘来的鸡毛絮子。故乡像一座孤山静静地伫立着，游子远眺，灯火不变。

可惜山笨拙，我也笨拙，山不知唤我，我也不曾踏上归途。

家乡那段河

王韵涵

剪下十三朝长明的烛火，集一段文气绵延的历史，西安这座城的精魄便长存于世人心间。千古龙脉、帝王之家、笔墨祭坛，这块黄土在历史洪流中激荡，苦难燃尽杂质，承接了大雁塔、青龙寺、华清池施与的灵气。而环绕这座古城的那段渭水，温暖着、滋养着它，正是流荡过我心间的最美的家乡之曲。

"渭水西来直，秦山南向深。"这是唐人张籍登上咸阳北寺楼发出的感慨；"青舸锦帆开，浮天接上台。"这是唐人卢纶泛游渭河吐露的赞叹；"平地连沧海，孤城带渭河。"这是元人王冕驻足渭河道中挥就的诗篇。文人们星罗棋布于历史的长河中对渭水抒发豪情壮志。渭水，早已融入了文人的血脉。

渭河，流过我家乡的河。一道奔涌的雄浑的水流，咆哮着，怒吼着，裹挟着太古的水流从秦人牧马的年代而来。这便是渭河，文化之渭河，历史之渭河，我家乡的渭河。

记得儿时每每依偎在外婆怀中，听她讲渭河的河岸边，曾经日夜不休地响着纤夫们的号子；曾经曝晒过古战场沥尽的热血；曾经流下一盏盏剔透的河灯。千古云烟缥缈在渭河流动的水面上，却又跟着水流一起奔流而下。听她回忆儿时在渭河边淘鱼捉虾，捡石头打水漂，串串笑语洒落河面。那时我心驰神往，渴望去到那神奇的水边，体味在历史的烟尘里嬉笑打闹的感觉。

外婆的渭河,是一代人的渭河,也是回忆里的河。记忆里有滔滔不绝的江水从天边涌来,两岸的野草高得漫过了孩子们的小脑袋。他们在草茎间欢笑躲藏,或是折下一根芦管削一段短笛,指缝间蹭了污泥,就掬一捧水就地清洗。荒烟蔓草的年代,少见游泳池里清凉的水,少见南方温婉微甜的溪,只有这一条翻滚着黄沙的渭水。外婆却又总说,那段河里流动的都是又甜又凉的童年。

而今的渭河,少了些许当年金戈铁马踏过的雄壮,但也多了几分修整后的精巧可爱。河边是崭新的绿化带和观景台。米黄色的车道蜿蜒而过,伴随着渭水,好像是她年幼的孩子,新草柔软的草尖抚摸着游人们的手指,刚刚抽出枝条的柳树在风中摇摆,甚至,我还看见了调皮的孩子互相追逐着摸鱼去。

这样的场景融化在我脑海里,与儿时外婆的娓娓道来汇成一处,成了渭河最美的模样。她始终流淌在每一个生于斯长于斯的人心中最柔软的地方,呼唤着我们伸出手去爱护她,呵护她,让她再一次容光焕发。

家乡的河,最美的河。夜晚独行于渭水之滨,习习凉风拂面,脚下的水轻轻流淌:流过丰饶的、荒芜的年代,流到了今天,流成了我心中最美的家乡河。

乡村旧忆

魏泽洋

我生活在雪峰山脚下，这里的生活安静祥和，朴素到没有特点，就像中国任何一个有山有水的普通乡村。清流在山间徘徊，缓缓转出一个弧度，在重力的牵引下跃入河谷，又在人的束缚下变成瀑布，为下游的人们带来一湾静水。乡民们在河边的石阶上洗菜，洗衣。更远的下游，几只鸭子在河中嬉戏。河上跨立着一座石桥，可惜桥面平直，据说是为了过车，否则真有点江南水乡的味道了。在我小时候，河里的水是可以直接喝的。可惜前些时日我回外婆家时，院井里的水已然黄苦，不能喝了。那河岸边也挂满了垃圾，看不得了。原有的田地长出了别墅，一个又一个水塘被填平。或许再过些时日，等熟悉的人慢慢消失，就不会有人记得这一切……趁我记性还好，且让我把它们记下来吧。

曾记得小时候在外婆家，见过筑巢檐下的燕子，在聒噪的初夏里叽叽喳喳，分外勾人好奇。听村里的老一辈人说，屋檐下有燕子是家中平安幸福的象征。这种说法虽无凭无据，小时候的我却也相信其真实性。燕子是很懂事的。白天家中热闹之时，总会叽叽喳喳地掺和几声，时而飞进飞出，在围坐的大人头顶上扑棱而过。而到了晚上七八点，农村渐渐安静下来，没有路灯污染的乡间小路上，只能听到昆虫的声音。这时候燕子也会安静下来。外婆是很喜欢这一窝燕子的。每到春天,哪怕出门干农活,也把大门敞开着,欢迎燕子的到来。只可惜小时候,抱着试试玩的想法,我用竹竿把燕子窝捣毁了。燕子第二年没有来,我们都以为它们不会再回来了。直到第三年,燕子又来筑巢了,不过这一次是在二楼的窗台下,竹竿打不到的地方。看来燕子也学聪明了!记得我那天去外婆家,外婆很高兴地带我和妈妈去看燕子窝,那种骄傲的语气我还是第一次见。

外婆的厨房很特殊。简单的柴火堆,土地板,架起一个石灰和鹅卵石砌起的炉子,上面放一口铁锅,便是所谓"厨房"。每到冬日的黄昏或夜晚,前来外婆家小聚的亲朋总会围炉而坐。这时把铁锅端走,便有一人坐在炉边,专门负责添柴烧火,其他人烤着这小火畅快而谈,好不温馨。除此之外还有一个砖砌的炉灶。这个灶台是用来放一口更大的铁锅的。那口铁锅除了用来熬大块的牛骨之外,还有一个特殊的用途。即逢年过节之时,外婆就会在里边放满芝麻油,再买极多的豆腐切片成手指厚,一片一片地滑下油锅,直到豆腐表面金黄酥脆,戳上去软而不弹,便可出锅。这便是所谓"油豆腐"。通常做这事的是我做厨师的表哥,因而我也得以在油豆腐刚出锅之际偷吃几块。虽说这时的油豆腐没有椒盐相佐,无咸辣以刺激味蕾,但我还是很乐意品尝。毕竟刚出锅的油豆腐皮酥里嫩,很是诱人。表哥自己是绝不偷吃的,但他却很包庇我,只用"给我添些柴送些火"来作为交换。待众人饱餐一顿之后,那些油豆腐往往还剩下很多,外婆就让大家自取,因为油豆腐是可以保存很久却不变质的。每次回到省城,我都会看到一冰箱的油豆腐。留在记忆里的不仅是味道,大概还有些许亲情。

外婆家的后院里有一棵枣树。每到秋末冬初,我都会来到外婆家"打冬枣"。其实那棵枣树结的枣不多,个小还不甜。所以大多数的枣就会在那里挂一个冬天,直到它变成枣干,最后落下来被后院的鸡鸭啄食。只可惜那棵树在我高三的时候不幸被落雷劈毁,早已进了外婆的柴火间。空余几只阿猫阿狗在不整齐的木桩上慵懒匍匐。想来也感到可惜,当时挑剔的东西,现在反而吃不到了。

热闹的春节

徐光艳

"今天早些回来啊,你爸妈可能今天到。"奶奶匆忙叫住正往门外走的我。

"哦。"我嘴里塞了口糯米漫不经心地回答,同时看见奶奶将手擦在衣服上,满脸的皱纹挤在一起,露出了几颗少得可怜的牙齿。老人家这样面如阳春的笑总是这么让人安心。

今天是大年夜,我当然知道。大年夜当然是去找我的小伙伴一块玩儿啊,可能是因为家里太冷清了,每年都是这样。

我们几个追着村里老张家的鸡,使劲往它们身上扔石头。看见那一只只膘肥体壮的鸡落荒而逃的蠢样,我们在后面笑得直不起腰来。一路追着,沿路的人家张灯结彩,笑语盈盈,每人脸上都洋溢着幸福的笑容。偶尔还听得见撕心裂肺的猪叫声,也闻得到浓郁喷香的鸡稀饭和腌肉,每年都是这样。

一路追到村口,从县里来的客运车吸引了我们的注意。我们停在转角处看着陆陆续续有人下车。我们知道,那都是从外地回来过年的人,每年都是这样。一个从车上下来的小孩,大概三岁的样子,好像在车旁站着等谁。突然看向在远处的我,呆了几秒钟后竟流着口水傻笑起来。客运车走后,我们也就一路嬉笑跑回了村里。

每次坐下来和小伙伴一起聊天,他们的嘴里总是反复说着喜欢过年，喜欢父母回家，也喜欢父母带回来的东西。在我看来，过年无非是一堆人聚在一起热闹，我也喜欢热闹，但是实在说不上有多喜欢。我看着面前的大山，压得我心里重重的，好像挡住了我的思念。爸妈好像听不见，我也听不见任何回应。不然他们也不会那么久才回来这一次了，我的思念也逐渐淡化。

又玩了好一会儿，才想起奶奶今早的叮嘱，正好到了吃午饭的时间，匆匆和伙伴们分别，我奋力地奔跑着，就怕奶奶又拿着棍棒在门口等我。气喘吁吁地到家门口，就看见一堆好像还没来得及收拾的东西，一进门便看见两张生面孔在倒腾东西，还有刚刚那个小孩，坐在地下做他自己的东西。爸爸妈妈回来了，而这小孩是弟弟。

"欸，回来了！"爸爸抬起头笑着露出一口白牙说道。

"嗯。"我点点头，笑得很尴尬。

妈妈过来用手擦了擦我脸上的灰，哭着："长这么大了呀！"我僵硬地笑着点点头。

整个下午，我们都在收拾东西。妈妈和奶奶准备晚饭，小家伙在一旁吵吵嚷嚷，爸爸让我帮他贴对联。我第一次贴这么大的对联，年糕糊都涂完了。家里第一次打扫得那么干净。挂在大厅摇摇欲坠的那盏忽明忽暗的灯，终于换了下来，换了一盏很亮的灯，直到今天我才知道原来家里的木墙壁早已被熏得失去了原先的光泽。这样一间小黑屋今天难得亮了起来，也难得热闹了起来。奶奶笑得很开心，比往年都开心。似乎我们家也热闹起来了。

一直忙到了傍晚，好好梳洗了一番，回来便看见满桌目不暇接的佳肴美味，前几年我和奶奶只是借着黑暗的灯光吃几盘鱼肉或者被邀请到别人家做客，从未想过这小黑屋居然可以盛满那么多美食。饭前，先放一阵鞭炮，噼里啪啦的响声和去年一样充满年味，当然这次也包括我家。我们一家人第一次在一张餐桌上吃饭。妈妈一直在给我夹菜，爸爸在一旁老是笑着对妈妈说："孩子自己会夹，瞎操什么心呐。"我还是笑笑点点头。

村里各家各户差不多都吃好了，便开始挨家挨户地串门。亲朋好友都聚在一起喝酒聊天，各家都拿出自己酿的好酒招待客人，我家自然也少不了。应该是喝酒喝多了，他们这些大人有的谈得面红耳赤，有的谈得捧腹大笑，有的谈得涕泗滂沱。谈着谈着，大人们便开始放声高歌，肆无忌惮地唱出自己的故事。每年这个时候也是我和小伙伴们笑话大人的时候，我们时不时蹲在他们面前，不需要听他们说什么，他们这时候都变成了孩子，喜怒哀乐皆不顾形象地表现出来，好笑极了。他们谈话的内容都是那几样，在我看来实在是没有新意。但现如今我才明白，过年不只是一群人聚在一起，是一种外面回来的人的归属感，是一种守望人对团圆的期盼。

热闹的时候，烟花就会竞相盛开，这些五光十色的花朵将黑夜照亮，也温暖着各家人的心。

大伙累了，陆陆续续地各回各家休息了。妈妈、奶奶、弟弟都睡觉了。我在家里等着，爸爸摇摇晃晃地回来，我便过去扶他。他突然像个孩子一样坐在地上，把我也拉坐下来。他醉得眼睛都睁不开了，嘴巴还在嘟囔着。他用他那又大又粗糙的手捧住我的脸并往他的脸上贴，然后用他密密麻麻的胡子在我脸上划来划去，我被扎得面部扭曲却没有吱一声。

"儿子啊，你一定要好好学习啊！"他笑了笑，语气变得严肃起来，"爸爸就希望你好好的，不能再那么辛苦一辈子了。"他满口的酒味让我难以忍受，我只得忙点头把他扶起来送他回房间。除夕这一夜,回想着今天的一切,不知不觉当中,听见了远处传来的鸡鸣声,附近的鸡也响应着远处,随之便是此起彼伏的鸡鸣,但是我还是继续躺着。

第二天,我被热情的鞭炮声吵得实在无法继续躺着。我们同样好好吃了顿早饭,他们就让我带弟弟出去玩一会儿。弟弟实在太顽皮,没过多久我就带着弟弟先回家了,刚到家门口就听见里面传出来的哭声。

"这样孩子太苦了,要学习还要照顾家里,他还那么小。"说完这句话后,妈妈就哽咽难言了。

爸爸也急了:"带着弟弟去我们哪有时间照顾。他也长大了,他会理解的。"

…………

我没有再听下去,我怕我幼稚的心会让爸爸失望。我拉着弟弟的小手走在村里的小路上,弟弟一直在和我说话。我只敷衍地回他几句,我在想我以后也要这么一直拉着弟弟的手走在村里的小路上吗?我蹲下来认真看了看他,拍了下他的脑门,笑着说:"我们俩还真像。"

正月初六,这是他们去外地的日子。一大早奶奶带着我们在村口送爸爸妈妈。弟弟使劲地哭闹,他拉着爸妈的手不说话,只是一直在哭。奶奶上前拉住他,奶奶似乎已经习惯了这样的场面。我没有跟上去,在原地呆呆看着这一幕哽咽。后来爸爸妈妈趁弟弟不注意上车走了。弟弟挣开了奶奶,双手张开跟在车后跑,我追着他,突然停下来泪流满面地看着这一幕,我记得当初我跑的样子也是这样的。我没有力气跑了,眼睛再也看不清前面那个裤裆拖沓的小家伙了,蹲在地下痛哭起来。过一会儿,模糊间只看见一个小身影慢慢悠悠地从远处走过来。我

· 153 ·

记得那天也是初六,当年我也三岁,也是最热闹的一年春节。是的,我们真的很像。

回家路上,家家炊烟袅袅升起,春节第一缕阳光推开雾气。老张家的鸡还是活蹦乱跳地咯咯乱叫,我牵着一个新的守望田野者回家。

在过完了热闹的春节以后,村子又归于平静。老人提着小椅子在门口坐着晒太阳,看着在沙地上打滚的孩子,讨论着好几个刚来到村里的小小的生面孔。

校园的秋

王晓娟

行走在校园里，一阵凉风起，树叶哗哗作响，随风而落。在不知不觉中，秋季已然到来。

香樟树是校园中最常见的树木，道路边多伫立着一排排香樟树。香樟树树冠广展，枝叶茂密，是常绿大乔木属。当秋季到来，虽然不像橙红的枫叶一般来得热烈，但落叶的数量倒也增多了。当行人走过，踩在枯黄的树叶上，咔嚓响得清脆。秋风一吹，香樟树叶互相摩擦哗啦啦地响，奏响秋季的乐章。

当我站在文波楼下，放眼望去，两排高大樟树夹着道路和来往的行人，抬头是阳光和树冠的叶，低头是树影、人影与落叶。

秋日的阳光还带着些温热，树荫带来些阴凉，偶有些蝉鸣鸟叫，好一副惬意的景象。踩着下课铃声，青年们从各个教学楼中涌出来，片刻间整个校园都热闹起来。

秋季的校园里，往往难见到光秃秃的树。但落叶是一定有的，只是很少见到金黄的落叶铺满整个路面的景象。多数路边的樟树只是盖住自己脚下那一方土地。

到了中秋前后，又大又圆的月亮好像挂在了文波楼的尖顶上。秋季的月光好像是泛黄的，文波楼上的钟表指针似乎都带着月亮清冷的温度。各种树木的枝头被月光照亮，粗细高矮各不同的枝丫投影成不同的画。

站在九孔桥上，望着水中树与圆月的倒影，一阵秋风吹过，有种镜花水月的美感。夜深，人静，此时若停在路边，感受夜月晚风，将是匆忙生活中不可多得的片刻安宁。

满是金黄桂花的桂树，从嗅觉上提醒着我们秋的到来。花骨朵初初开放，是点点米黄缀在一片墨绿之中，像极了害羞的小姑娘。秋风渐起，秋意渐浓，小姑娘成了豆蔻年华的少女，米黄成了鹅黄，一簇一簇挤在叶与枝上。当金黄取代鹅黄，站在走廊或是在教室打开窗，花香乘着秋风，将秋天的气息送入室内。

虽然是秋季，但桂树主色调还是大片的绿。这绿不同于春季嫩芽的翠绿，是大团大团的墨绿中混着金黄。

当桂树长成之后，枝叶总体是球状的，像与圆月相呼应。当太阳西下，天渐渐变黑，桂子飘香月下闻，桂香与淡黄的月光一同伴着学子入眠。当秋深叶静，弯月伴着树影，又是一种秋天独有的美。

秋深夜凉树先知，校园路边的树，用各种方式提醒着我们秋的到来。也许是悄悄给树冠染上黄色的发，也许是悄然落地的叶，也许是秋风刮过时哗哗作响的声。秋来得并不热烈，走也走得悄无声息，温度几经反复，便入了冬。

校园秋季之景同带着桂香的秋风一样沁人心脾。秋景之美无须寻觅，稍一细品，就韵味无穷。

思考乃

人生乐趣

为自己而活的幺姑

——读《死水微澜》有感

费熙华

蔡大嫂——或者叫她邓幺姑吧,她的一生注定不平凡。

幼时对成都的向往是埋在她心里的一根刺。她漂亮,且非常清楚自己的漂亮,也不吝惜展示自己的漂亮,她是要做城里人的。所以她常常缠着从城里来的韩二奶奶,听她描绘成都繁华的景象,由此在心底构建出一个只存在于她幻想中的成都。可是同一座城市,顶层的人看到的是浮华,底层的人看到的是辛酸。幺姑母亲是生在成都,嫁在成都的,她见过了城市里不那么光鲜亮丽的一面,体验过了城市的下等人比村里人还不如的生活,与韩二奶奶对成都繁华闲适的怀念相比,很明显,幺姑母亲对成都的世态炎凉更加刻骨铭心。韩二奶奶的不满在幺姑母亲的辛酸面前,是那么讽刺,不值一提。可是,少年人总是向往花团锦簇、轰轰烈烈的。所以幺姑从不相信那些不好的,只相信韩二奶奶口中描绘的那个成都。"所以邓幺姑对于成都的想象,始终被韩二奶奶的乡思支配着。"韩二奶奶在幺姑十七岁的时候死了,幺姑哭得极为伤心,既是哭韩二奶奶,也是哭她那还未成形的梦。

幺姑当城里人的梦还是破灭了。父母不愿她嫁到城里,也从未问过她的意见。"黄花闺女,自古以来便只有静听父母做主的了。"因此,幺姑也无法插手自己的婚事,只得躲在壁子后听着。为她择了一门婚事,她嫁给了蔡傻子,是个好人,却不是她的良人,她不喜欢。蔡傻子非常老实,甚至有些太老实了。

而幺姑与其他女子的不同,也在成为蔡大嫂的这段日子里显现出来。她从来都是一个干脆利落有胆量的人,将兴顺号的生意打点得红红火火,成为天回镇里男人常来的地方。不过因着罗歪嘴的面子和势力,大多数人都不敢真的对蔡大嫂有什么想法。因此,蔡大嫂嫁到蔡傻子家中,除了得到较为优越的生活条件,爱情是几乎没有的。比起毫无情趣的蔡傻子,蔡大嫂显然跟罗歪嘴更能聊得来。罗歪嘴的出现,打破了原本平静的死水,死水起了波澜,在邓幺姑的心里泛起了层层涟漪。一次闲聊过后(用书中的话说是摆龙门阵),两人都在对方心中留下了特别的印象。罗歪嘴意识到幺姑并不是什么也不懂的女人,不再轻看了她,于是说:"真不像乡坝里的婆娘。"而幺姑对罗歪嘴的崇拜是再明显不过的了,不过她就是这样一个直爽的人,也不足为奇。

如果说幺姑和罗歪嘴的爱情是在那一次谈话种下了根,那么真正发出芽来,是在罗歪嘴一次出了远门回来之后。同他一起回来的还有刘三金,是个妓女。罗歪嘴对她的感情代表了在爱上幺姑之前他的爱情观——轻易不动真情。女人在他眼里大概就是玩物,可以与人共享,只要大家"耍"得高兴便好。我们不以现代的眼光评判那个时代的人,但这一做法确实让人感到很不舒服,女人首先也是个"人"。按罗歪嘴的意思,他是不需要"老婆"的,也许是他对爱情的门槛太高。那么当爱情真正来临的时候,这门槛又框着他,让他出不来了。

幺姑一直是个利利索索的人。和蔡傻子的生活太过琐碎无聊，她是早已厌倦的了。而罗歪嘴让她心中对爱情的向往死灰复燃。于是她不顾世俗的眼光，公然地和罗歪嘴成双入对。任何人看到这里都会觉得惊奇，什么样的人会愿意自己的妻子同别的男人亲热？但蔡傻子，他太老实了，或许像他的名字一样，就是傻吧。在和幺姑过日子的这几年，他应是也感觉到了幺姑的不耐烦和厌倦。幺姑本身就是一个心性极高的人，而他却偏偏没有一丝情趣，只得恨自己嘴笨。他们三人这样的关系竟然维持在了一个微妙的平衡之中。幺姑和罗歪嘴的感情日日升温，两人浓情蜜意，如胶似漆，一颗心全然放在了对方身上。蔡傻子也乐得见到原来不爱搭理他的幺姑，偶尔也会和他说上几句话。蔡傻子给了幺姑物质上的满足，让她有打扮的资本，而罗歪嘴作为一方的地头蛇，给她带来了社会地位。而这样的日子被顾天成打破了。

蔡傻子和罗歪嘴虽然性格迥异，但都属于封建的"城镇人"，而顾天成，则是一个十分复杂的人物，勉强也算是一个可怜人吧。他拿着家中全部的积蓄到城里想谋个官位，却在赌场上输了个精光。而情场上，又被刘三金勾走了魂。进城一趟，他是什么都不剩了。在女儿招弟眼里，他是个好爸爸，会记得给她带云片糕，会在她被掳走之后焦急地寻找，虽然给她起名叫"招弟"；在妻子眼里，他是个好丈夫，深夜赶回家，对病重的她不离不弃。然而在刘三金眼里，他是一个赌徒，是一个嫖客，是娶了老婆还在床上给别的女人许诺未来的好色鬼，是输了钱后恼羞成怒，对女人拳打脚踢的乡下暴徒。他不是纯粹的好人，也不是什么纯粹的坏人，他甚至有些天真，会在妓女的床上把承诺当真。于是，在喜欢上邓幺姑后，他也依旧十分笨拙。

顾天成本身便是一个大粮食户，又信奉洋教。有了洋人为他撑腰,他便不再是在赌场上毫无还手之力的那个顾天成了。借此机会,他报复罗歪嘴,致使他亡命天涯,兴顺号也被砸了个干净,蔡傻子也因此锒铛入狱。幺姑的生活一下从天堂到了地狱,开始整日浑浑噩噩。

可幺姑从来不是一个会被封建礼教束缚着的人,甚至对于这些,她是抱持着蔑视的态度。在养伤的这段日子里,她或许有些承受不住那样大的打击,但在顾天成隔三岔五地探望,小心翼翼地披露自己的心意后,她意识到顾天成拜了洋教,可以给她更加安稳、条件更好的生活,并且是自己可以把握住的人之后,她便毫不犹豫地选择了顾天成。然而这次与爱情无关,她是把自己当作了交易的筹码。既然顾天成可以救蔡傻子的命,可以让罗歪嘴不至于亡命天涯,并且愿意三聘六礼地迎娶她,答应她的一切要求,嫁给他又有何不可呢?

就这样,蔡大嫂变成了顾三奶奶。但在我心里,她依旧是幺姑。她在努力冲破封建礼教的枷锁,在思想上,我想是已经成功了的,但事实上,她还是依附着男人生活,凭借自己出众的容貌。但在那个时代,她能勇敢地追求自己的幸福,已经是超越常人很多的了。面对爱情,她能够顺从自己的本心,却不沉迷于爱情;面对生活,她能找到最舒适的活法,享受生活;面对两难,她能够很快地做出决断,随机应变。她深谙世事,她不同寻常,她是那个时代下,为自己活着的幺姑。

我们在二十一世纪回望那个新旧交替时代的女性,我们不应苛责,我们应当反思。为什么像幺姑这样拥有着独立人格的女性,却仍受着种种束缚。是那个时代下的婚姻不自主,只能听凭"父母之命,媒妁之言";是男权社会下的经济不自主,只能依附男人生活,否则凭借幺姑的本事,自己一人也能活得很好;是男权文化的侵蚀,这一点并未束缚到幺姑,但在顾天成的第一任妻子的身上体现得尤为明显。她已然把自己当作顾天成的附庸，而非一个"人"。有人说幺姑"是中国从中世纪的封建社会，向近代资本主义社会过渡的转折时期的'转折热舞'，是封建社会分崩离析的一个女性叛逆者，也可以说是那个时代的最后一个叛逆"。我很敬佩她，她的一生，敢爱敢恨，不优柔寡断，她为自己而活，她是那个时代女性的杰出代表。

最后，希望我也能拥有像幺姑一样独立的人格、独立的思想，能够活出自己想要的模样。

生活是一座围城

——读《围城》有感

黄馨仪

初读《围城》，看到的是困住爱情的城；再读《围城》，看到的是将普罗大众的生活包围得密不透风的城。

故事从1937年的夏日开始，主人翁方鸿渐结束了在欧洲的四年游学，为了给家人和资助他留学的已故未婚妻一家一个交代，在回国前购买了虚构的"克莱登大学"的博士学位证书。回到上海后，吃穿住行全依靠已故未婚妻一家的资助。但因为整天无所事事，又与同是留学生的女博士苏文纨交往过密，与此同时还同苏文纨的表妹唐小姐纠缠不清，这一切都让岳父岳母非常反感，从而受到冷脸。

之后方鸿渐在好友赵辛楣的引荐下，受聘到内地三闾大学任教。在学校任教时，方鸿渐在不知不觉中卷入了教职人员的恩怨纠缠中，再加上乡村地方的人特有的狭隘观念，使方鸿渐不知所措，郁郁不乐。方鸿渐和英语助教孙柔嘉的亲密往来，也引起了他人的嫉妒和流言蜚语，加之好友赵辛楣的被迫离开，让本就不顺心的方鸿渐更无心再待下去。无奈之下只能与孙柔嘉结伴回到上海，不久后二人就成了婚。

但婚后生活并不如想象中的那样平静美好，两人总是因生活上的琐事争吵不断,这让方鸿渐对婚姻家庭一次次地失望。最终在与妻子孙柔嘉吵架之后失去维系家庭的希望。故事以两人分道扬镳作结。

钱锺书先生在《围城》一书中描述了世间的四种爱情:情欲的爱、门当户对的爱、求之不得的爱、无法摆脱的爱。"婚姻是一座围城,外面的人想进去,里面的人想出来。"书中以多角的爱情纠葛来揭秘婚姻本就是座无解的围城这一本质。

方鸿渐在游船上与鲍小姐初尝情欲之爱,最后却被鲍小姐欺骗、抛弃;回国后,书香门第出身的苏文纨主动接触方鸿渐,同为"留洋学生",他们可谓是门当户对。而相比表姐的高傲矜持,此时出现的唐晓芙大方直率,立刻吸引了方鸿渐。但方鸿渐懦弱犹豫,不敢向苏、唐两姐妹挑明心意,还借着拜访苏文纨的名义与唐晓芙见面,导致苏文纨误以为他们两人是情投意合,唐晓芙也认为方鸿渐是玩弄感情的纨绔公子,最后三人都爱而不得。关于方鸿渐和孙柔嘉,他们两人本就是在众人言语的推波助澜下结的婚,感情基础并不坚实,在婚后日复一日的争吵中更是消失殆尽,此时的婚姻将方鸿渐围困得筋疲力尽,成为无法摆脱的梦魇。

很多人在初读《围城》时,将其理解为一部爱情小说,然而此书的内核不止于此。单从方鸿渐的爱情故事,我们能窥见在那个年代的情场角逐中表现出来的自私狭隘、懦弱虚伪、卑鄙刻薄等种种劣根人性。但钱钟书先生对这种人性的刻画,也在方鸿渐的事业和自我这两座城中更有体现。

方鸿渐回国后一共从事了三份工作:一是在岳父的照顾下到银行工作,成为挂职员工;二是受赵辛楣引荐,去新成立的三间大学任职,当了一名老师;第三份同样也是在赵辛楣的帮助下,去了上海的一家报社,当起了编辑。这三份工作全是由他人安排或帮助，方鸿渐完全没有主动选择事业的机会。正如赵辛楣对方鸿渐的评价那般：人不讨厌，可全没用处。方鸿渐在每一份工作中都是那样的可有可无，不受重视。每当换一个新工作，起初他总是充满期待，可最后却不得不辞职离开，收获的不是事业成功，而是巨大的失望和自我怀疑。看似从一座城里挣扎着出来，最终只能陷于另一座城的禁锢。

方鸿渐为何在爱情之城、事业之城中找不到出路？也许是因为他从一开始就被束缚在自我之城中，此后便走不出生活这一座围城。

方鸿渐出生在封建和开放相撞的年代。父亲是封建遗老，或许方鸿渐从小浸润于传统封建礼教，但他又曾到欧洲留学，接触过先进文明，所以在他身上处处体现着时代缩影。方鸿渐出国留洋为的是"镀一层金边"、光耀门楣，所以在国外游学期间不学无术，这相当于封建时代的花钱买官职，腹无诗书也照样可以当官老爷；他渴望追求自由的爱情，却因为自身优柔寡断，断送了一段美好姻缘，最后还不明就里地踏进了婚姻的围城……他似乎是那个时代中一个多余的人，既没有勇气反抗压在身上的封建枷锁，渴望寻求一种归属感和认同感，又不甘心这既定的命运，一次次挣扎，一次次被束缚，最终只能被裹挟在时代变化的浪流中半推半就地走完这一生，无可避免地成为世俗的牺牲品。

钱锺书先生用幽默诙谐的笔锋淋漓尽致地揭穿知识分子那拼命编织的谎言，展现他们的自私无耻、虚伪软弱，点醒那些在围城中徘徊挣扎的"方鸿渐"。

初读《围城》，我觉得方鸿渐这人可笑又可恨。他为了所谓的面子，弄假文凭，用一些胡乱编造的见闻给自己打造一个留洋精英的形象；面对爱情，犹豫不决，丝毫不见男人的担当；

他不求上进，从在国外游学，到在岳父安排的银行里工作，再到在三间大学任教，始终是得过且过、随波逐流。于是，当我看到小说结尾中他落得个家庭破裂的下场，只觉一阵快意。再读《围城》，我又觉得方鸿渐是个可怜人，而此时方鸿渐也不只是书中的人物，也是那个年代那群反抗命运却败于世俗的牺牲者，还有些许对我短短的十八年华的影射。

我也是一个普普通通的人，没有远大的理想，面对困难也是能逃则逃，本以为高三结束就能连带着痛苦一起消失，但事实证明天真者都活得比较困难。在这个"内卷"的时代，身边的同龄人好像都快我一步，而我拼尽了全力也只是勉强跟在他们身后。

但同时我是无比幸运的，与书中的方鸿渐相比，好太多。我生活在和平年代，有思想开放、包容我的一切的父母，接受着科学的教育，可以掌控自己的人生，还有令很多人都羡慕的优点——没心没肺，清醒明理。我不费力地热情，不吝啬地分享快乐，我的生活又怎么能叫围城呢？

宿命的孤独

——读《百年孤独》有感

杨雨城

"羊皮纸手稿上所记载的一切将永远不会重现,遭受百年孤独的家族,注定不会在大地上第二次出现了。"

初读《百年孤独》,是在高三的自习课上。放在平时,这样人名又长又难记的书我很少会坚持看下去,但在高中枯燥无趣的题海和高考的压力下,我还是拿起这本书看了下去。当我能静下心来看书时,已经对这本书着迷了,飘荡的鬼魂、建立马孔多的远征,书中神秘又浪漫的描写吸引着我,最终花了那一个星期的自习课看完了《百年孤独》。

第一次读的时候并没有注意到本书被无数人称赞模仿的开头:"许多年之后,面对行刑队,奥雷里亚诺·布恩地亚上校将会回想起,他父亲带他去见识冰块的那个遥远的下午",但后来不经意间再次翻开书,看见这句话,不自觉产生了许多感慨。站在未来回忆过去,将现在、过去、将来连接在一起,给人一种挥之不去的压抑孤独感。"奥雷里亚诺"与"何塞·阿尔卡蒂奥"在每代人身上不只是名字的循环,也是他们孤独气质的不断遗传循环。无论是环游世界建立丰功伟绩,还是两耳不闻窗外事潜心研究,他们的孤独却总是共通的。

一个家族、七代人、一百年，马尔克斯描写了他们发迹、建立马孔多，成为一个庞大的家族，到衰落、被人遗忘，最后彻底消失的故事。每次看到羊皮纸卷破译出来的时候，就是布恩地亚家族消失的时候，总是给我带来极大的压抑和沉重感。羊皮卷轴早已写出了一切，那这一个多世纪到底有什么意义呢？这种孤独也许就是马尔克斯想要传达给我们的吧。认真想过后，可以发现，在故事的前半段，马尔克斯总是给我们希望，长途迁徙建立马孔多、发展繁荣、战争、成为国家开国功勋……这一切都让人以为是繁荣的开始、是希望的源头，却没想到这一切是一条走向衰落乃至消失的路。在我们绝大部分人的观念中，只要一直走下去就会有路，"前途是光明的，道路是曲折的"，我们更愿意相信历史会走向更美好的一面。

即使我们都读过悲剧，即使我们都知道生活不一定会一直向好的一面发展，但我们很少会思考得如《百年孤独》一样深刻。它用大量笔墨写一代人的出生、死亡，尽管外界很繁荣，马孔多不断在发展，布恩地亚家族的地位一直提高，但每代人、每个人都不能摆脱这种孤独，这是与生俱来的、无法摆脱的、宿命的孤独。

没有人愿意承认自己是孤独的，但《百年孤独》将这一切剥开，告诉大家一切都是海市蜃楼，只有孤独永存。

如向日葵一般绽放希望，向阳而生

——《肖申克的救赎》观后感

金 滢

"希望是件好东西，也许是世界上最美好的东西，而美好事物，永不消逝。"这是一个希望与绝望交织的故事，是一场漫长的自我救赎之行，有着一个涉过肮脏的污河，涤荡罪恶、彼岸重生的圆满结局。

《肖申克的救赎》是1994年美国上映的被奉为经典之作的电影，以瑞德的视角讲述了银行家安迪·杜弗伦，因为被诬陷枪杀妻子和高尔夫馆长情夫而逮捕入狱，与能为狱友走私各种违禁商品的瑞德成为朋友，在得知自己洗脱罪名无望之后，越狱重获新生的故事。

肖申克，不是人名，而是一座监狱，一个消磨人性、消磨希望的地方。很多囚犯在这里度过了他们的漫长的一生，逐渐被"体制化"。"监狱是个怪地方，起初你恨它，然后习惯它，更久后，你离不开它"，囚犯们在肖申克监狱里，从最初的后悔、不甘与痛恨，到后来一次又一次经历希望破灭的痛苦，变得麻木。他们逐渐开始习惯监狱的生活：铲地、洗衣、管理图书，似乎在里面找到了真正适合自己的事情做。由于长时间与外界隔绝联系，他们对监狱外面日新月异的未知世界感到恐惧，当大半辈子都在监狱中的老囚终于出狱之时,其实并没有重获自由,而是又跌入了一个新的深渊,他们无法适应完全陌生的世界,无法像外面的人一样正常地交际,无法正视自己内心的恐惧,最终丧失生命的希望,选择自杀。老布就是被"体制化"的例子,他给狱友们写的信记录了他出狱后的生活:

"亲爱的牢友,外头的变化快得让人难以置信,小时候我只见过一辆汽车,如今满街都是,整个世界忙成一团,上面安排我到一个叫'布鲁尔'的中途之家,还有一份工作——在一家杂货店里包装食物,工作辛苦,我也卖力,但双手一直犯疼,我想那店主不太喜欢我。工作之余我去公园喂鸟,盼望着……杰克来打个招呼,但它没出现过,不管它在何处,我祝它过得好、有新朋友。我夜间难以入眠,做着从高处坠落的噩梦,从梦中惊醒,有时记不起身在何方,也许我该持枪抢劫,好让他们送我回去,我可以打死那个店长,当作额外奖励,但我已经太老了,再也干不了这种蠢事,我不喜欢这里,它令我成天担惊受怕,于是我决定,不再逗留。当局不会在乎我,一个糟老头子算什么。还有,替我向赫伍道歉,别记恨在心。你们的老布。"

是的,老布自杀了。他在墙梁上刻下"老布到此一游"后,选择了上吊,选择了离开这个陌生得让他无所适从的世界。直到生命的尽头,老布还是没能获得心灵上的救赎,在他看来,死亡能让他获得解脱。

影片名称叫作《肖申克的救赎》,在我看来,影片中所有的救赎都与安迪有关。他救赎了自己,救赎了瑞德,救赎了一起吃饭的狱友,救赎了整个肖申克的囚犯。既有个人的救赎,也有集体性的救赎。

影片中曾有过两次集体性的救赎。第一次是安迪和狱友们一起在房顶吹着风喝冰啤酒,"阳光洒肩头,仿佛自由人";第二次是安迪将自己反锁在肖申克监狱的广播站,陶醉地播放着音乐磁带《费加罗的婚礼》,"到现在我还不懂她们在唱什么,其实我也不想弄懂,此时无言胜有言,她们唱出难以言传的美,美得令你心碎,歌声直穿云端,超越失意囚徒的梦想,像一只美丽的小鸟,飞进了我们这灰色的囚笼,使石墙无影无踪,就在这一瞬间,肖申克众囚仿佛重获自由"。

影片着重刻画的是两个人的救赎——安迪的自我救赎,以及安迪对瑞德的救赎。

安迪一次又一次违反狱中的规章制度,一次又一次为自己追寻心灵的救赎,一次又一次地被关禁闭,可他依然奋不顾身地追寻自己心底崇尚的最宝贵的东西——自由与希望。他说:"世上有些地方,是石墙围不住的,在人的内心深处,有他们找不到、拿不走的东西"。他在监狱里努力给自己找事情做,努力让自己不被体制化,努力找回自己的老本行,获得自我价值的肯定。他管理图书馆,为监狱长理财,给青年人补习功课考取高中文凭,给全市各监狱的人提供基金和纳税咨询。他似乎渐渐适应了监狱里的生活,可是,年轻人汤米的出现打破了这一切的平静,将电影推向高潮。安迪无意中知道了杀害妻子和情人的真正凶手,他难以抑制心中的激动和悲愤去找监狱长,可是他知道的事情太多了,监狱长又怎会为他洗清罪名,让他重获自由呢?在唯一的证人汤米死后,安迪彻底绝望了,他开始了越狱的计划,偷偷将监狱长的钱财转到了自己创造的虚拟人物的名下。在一个雷鸣电闪、风雨交加的夜晚,安迪顺着挖的地道和下水道成功越狱,奔向自由,让自己获得了身体上的救赎。

还记得电影中有这样一个片段:汤米被杀,安迪被关禁闭两个月后，在石墙边跟瑞德的对话中，提及了自己对妻子的爱和悔意，他说："老婆说她很难了解我，我像一本合起来的书，她整天这样抱怨。她很漂亮，该死，我是多么爱她啊。我只是不擅表达。对，是我杀了她，枪不是我开的，但我害她离我远去，是我的脾气害死了她。"瑞德安慰说："你不是杀人犯，你或许不是个好丈夫而已。"安迪接着说："没错，是别人干的，却由我受罚，大概是我命薄。谁都可能遇到霉运，刚好轮到我，我被卷入龙卷风，只是没想到刮了这么久。我告诉你我要去哪里，芝华塔尼欧，在墨西哥，太平洋边的小地方，那是没有回忆的海洋，我要在那里度过余生。在海边，开一个小旅馆，买条破船，整修一新，载客出海。人反正只有两个选择，要么忙着死，要么忙着活。"

这个段落，过去我看过很多遍，一直觉得这是安迪决定越狱前的某种仪式。他交代了很多事情，跟老友告别。他觉得十九年的赎罪足够了，决定要亲自改变命运。但是现在，我觉得那一番对话，代表着安迪对自己的心灵救赎。他的救赎不是生命形式的改变，也不是生存环境的改变，而是灵魂层面真正意义上的自我重新认知。

在肖申克监狱的十九年时间里，安迪的执念有两个：一是自己是无罪的，二是生活必须是有希望的。倘若汤米不被枪杀，而是帮助安迪翻盘，无罪释放的安迪回到社会，他是不是会重新拾起过去的身份呢？可是这段经历永远会成为他内心的一块伤疤，无法真正释怀。然而，汤米被杀，安迪在瑞德面前的那一长段的自白，是他对自己过往生活的重新理解，他推翻了自己过去的形象，直面自己和妻子之间的问题，接受在这件凶杀案里，他所承担的那部分责任。在自身遭受了巨大磨难的前提下，他看到的是自己的责任，没有推卸给任何人，这是多么了不起的反思！从这一刻开始，安迪救赎了自己的灵魂，找到了他自己。

安迪对瑞德的救赎主要体现在他越狱后和瑞德出狱后。在监狱长被抓后，瑞德怀念安迪时说："我得经常同自己说，有些鸟儿是关不住的。它们的羽毛太鲜亮了。但它们飞走的时候，你心底里知道把它们关起来是一种罪恶，你会因此而振奋。不过，它们一走，你住的地方也就更加灰暗空虚。我觉得我真是怀念我的朋友。"是啊，为圣或称雄，靠的从来不只是智慧，更是人性中的勇敢、果毅与执着。囚笼怎能囚禁得住天生便属于大自然的鸟儿呢？安迪的越狱，让瑞德在怀念之余，内心也萌生出了从未有过的希望与波澜。

当几十年后假释出狱，让瑞德像老布一样，对这个陌生的世界感到无所适从，甚至深感绝望，是安迪重新给了他希望。他曾向安迪做出过承诺，去树下找寻他埋下的东西，这成为瑞德暂时还没有赴死的牵挂与惦念。树下埋着一个小盒子，里面是一封信和一个装着美元的信封，安迪让瑞德去他们曾经约定的地方——芝华塔尼欧找他。

"既然走了那么远路，干脆再远一点吧。"

"请来帮我实现计划，我备妥棋盘等着你。记住，瑞德，希望是件好东西，也许是世间最美好的东西，而美好的事物永不消逝。希望这封信能让我再次见到你，一个健在的你。"

安迪早已预料到瑞德现在的痛苦与无助。正是因为这封信，瑞德重新燃起了希望："我激动得不能安坐或思考，我想，只有真正的自由人，在踏上远征那一刻，才会生出这种即将揭开未来神秘面纱的激动心情吧。我希望能顺利越过边境，我希望能跟重逢老友握握手，我希望太平洋如梦中一般蓝，我满怀希望。"

影片的结局,他们在太平洋岸边相遇,就像久别重逢的老友一般紧紧相拥。

重温这部电影,我的内心久久不能平静,我看到了如野草般生生不息的希望,以及如向日葵般的生命追寻。自五年前第一次看这部电影以来,它一直是激励我勇敢向前、不畏挫折的动力,每当我在人生的洪流里遇到险滩暗礁、电闪雷鸣而丧失希望时,安迪的越狱故事又让我重新燃起了希望,告诉我只要坚持,一切皆有可能,激励我踔厉奋发,赓续前行。而今天过后,我又对这部电影产生了新的理解和认识,那就是——每个人的人生实际上都是自我认识和自我救赎的心灵之旅,每一段经历都有它存在的意义和价值,就像樱花飘落之前也曾装点过春天,星星隐匿于晨曦之前也曾照亮过黑暗。我们要做的,就是热爱生命,如向日葵一般向阳而生,永远充满希望,永远年轻,永远热泪盈眶。

"所以汝当警醒,因不知家主何时到来。"

"我就是世界的光,跟从我的,不会行于黑暗,还会得到生命的光。"

很喜欢《肖申克的救赎》里的台词,言近旨远,充满了不同于鸡汤文学的坚韧。

如果遇不到救赎自己的人,那就像向日葵一般自我救赎吧!

愿与君共勉。

惊 颤

肖 彤

通过这小小的半尺方寸①
我看见来自地狱的魔爪
魔爪猛地伸向人间
一倏忽,多少家破离散
我的心在惊颤

通过这小小的半尺方寸
我听见来自地狱的呢喃
呢喃迅速地遍布人间
一倏忽,多少声伐呼喊
我的心在惊颤

通过这小小的半尺方寸
我目睹来自地狱的鬼火
鬼火瞬间烧毁脆弱的防线
一倏忽,多少慌忙逃奔
我的心在惊颤

通过这小小的半尺方寸
我惊觉地狱变成人间
人间的呼救是恶鬼胜利的呼喊
一倏忽，多少寒毛冷汗
我的心在惊颤

注：有感于疫情防控期间网络上的各种传言真假混杂，人们盲目听信并且一呼百应造成严重后果的现象而作。
①半尺方寸：代指移动手机。

内卷与躺平

桂千尧

内　卷

"百度"对"内卷"给出的基本释义，是指社会文化模式发展过程中的停滞。但现在很多高校学生常用"内卷"来指代那些非理性的内部竞争，甚至将其视为养蛊、互相倾轧之意。

与"内卷化"十分相近的一个提法叫"剧场效应"。这里可以举一个简单的例子：偌大的电影院里，观众都坐着看电影，就都能够看到银幕上演绎的电影。尽兴之时，突然有一个人站了起来，将后排观众的视线全部挡住，导致后面观众没有选择，只能也站起来，慢慢地，站起来的人越来越多。原本看电影都是坐着。最终，大家都站起来了，但是因身高不一，再也不是所有人都能够看清楚银幕。更有甚者直接站在了椅子上，旁边的人看到也立即效仿。电影本身并未发生丝毫改变，但为了看电影每个人都付出了越来越高的代价，这种现象就被称之为"剧场效应"，也正是我们所谓的"内卷"。通俗来说，"就像一棵成熟了的卷心菜，始终在原地卷着，既不会再长高了，也不会再变大了"。

内卷放在社会职场，是指特定人群都奔向金字塔的更高层以获取更高职位、更多收入、更优岗位，或更高学位、更佳学校等，进而在名利场更能够出人头地而互相角力的过程。想起晚上七点穿过离家约二百米的地铁口，路上就会看见许多年轻人迎面而来，大都行色匆匆，基本上是从写字楼出来赶地铁的。这些年轻的男男女女，是新一代的劳动者，为家庭的生计而奔波，为个人的前途在奔波。日复一日地辛苦奋斗，年复一年地东奔西走，早出晚归、昼夜兼程，成为一种新常态，成为了一种群体性现象，而他们中大多数人取得的报偿与他们付出的时间、精力、智慧却并没有达成平衡。

内卷不一定只发生在职场、只存在于现在。仔细回想，"千人打猎，一人食兔"的情况下，内卷必然存在，或家庭，或学校，或社会，皆然。宏图伟业，人人心向往之；建功立业，人人也念兹在兹。但是，古往今来，成就大业乃至霸业的毕竟是小众乃至个别人，大多数人在奋斗的征程中前赴后继却鲜有成功。一方面过程中忙忙碌碌，另一方面结果仍然是少有成就，这就是内卷。

躺　平

"看一场电影为什么要付出这么大的代价，即使再好看我也不愿意遭这个罪，不看又何妨？"对于"剧场效应"，有人选择放弃，转身离开剧场，这就是放弃"内卷"而转身去选择了"躺平"。

"躺平"，实际上是指相较于"内卷"逆生而成的一种现象。躺平指瘫倒在地，不再热血沸腾、渴求成功。无论对方做出什么反应，你内心都毫无波澜，对此不会有任何反应或者反抗，表示顺从心理。就其表现看，就是不锐意进取，没有过高追求，甚至是"低欲望"，不愿卷入残酷的竞争洪流，通过主动调适，重新设定目标，以求内心释然舒缓。从一系列个案可以看出所谓"躺平"的大致轮廓：不争、妥协乃至放弃，既然向上的天花板如镜花水月般虚无，那就索性放弃相对意义上更高的学历、职位、收入，并"向下突破天花板"，以随波逐流、随遇而安的方式应对世俗的生活。

其实躺平只是退而求其次，为了保持内心的宁静，避免因苦心孤诣的刻意追求和不切实际的努力而坐卧不宁，并非完全是无所作为，并不能简单与颓废、认怂、不求上进、缺乏责任感等各种指控画上等号，至于自甘堕落、自暴自弃，一味寻找所谓避风港，甚至放弃家庭责任和社会责任，终日游手好闲，得过且过，如果也以躺平自诩，乃是对躺平的莫大误解。若像一只咬住尾巴转圈圈的狗，无休无止地内耗，这也只能是一种消极躺平。

在哪儿跌倒，在哪儿躺平。躺下只是暂时歇息，思考人生片刻后便继续与生活抗争，这其实是在给自己充电、赋能，是一种积极躺平。正如那句话所说：真正的勇敢，是摔倒了之后躺会儿，站起来拍拍身上的土，继续歌颂生活，一路高歌。在我看来，躺平是奋斗者的退避三舍，不是沉沦者的自我沉沦。它是对陷于"内卷"洪流中痛苦挣扎的反叛，是不愿意继续裹挟在这股洪流中。

如何对待内卷和躺平

那么如何对待内卷与躺平呢？

我认为首先应是怀有一颗同理心。现在许多年轻人追求高学历，期待高收入，但在现实生活中面对的却是高房价、高物价，自身成长的速度远远不及生存这座沉重的"大山"膨胀的速度，让他们没有喘息的空间，疲于奔命。多重压力之下，势必会出现很多冒进、内卷的现象，应抱着一颗同理心去看待周围的"内卷"者，设身处地去思考他们身上的困境。

其次是理解。这些信奉"躺平"的年轻人与前几年出现的"葛优躺"和"丧文化"相去甚远。他们中的不少人仍然有自己对人生意义的看法，只是不愿意卷入社会系统给人们预设好的程序，不想在这个快速而拥挤的进程中，沿着传统意义上通过加班、拼业绩等方式实现"升职加薪""买房买车"的路径摸爬滚打。他们选择从社会系统成功模式中退隐，而将衡量的标准设定为内心对自我状态的接纳。

最后应是反思。躺平现象非哪国独有，英国有尼特族（NEET），日本叫低欲望社会，美国也有归巢族（BoomerangKids）。这些年轻人的躺平，是否昭示着：社会环境、生活成本、成长路径，对于年轻人来说不够舒适，相比而言，躺平虽然颓废，但至少相对不累。网上不乏讨好年轻人的营销话术，现实里的"门墙"对年轻人却没有那般笑容满面，这才是社会的真实。

当然应该期待年轻人始终有一种昂扬向上的姿态，保持社会竞争性；但也不能忽视，具体生活里，个体往往会将主观感受置于价值排序之上，从"狭隘"的视角进行人生规划，很多年轻人面对重压，滑向边缘化，走向躺平。

如此看来，年轻人的"躺平"姿态也有助于社会发展目标的清晰化：如果说人本身就是发展的意义所在，那么让人舒适本身就是目的。所以，健康的生活应着眼于年轻人的舒适感受，使其感到愉悦与放松。当生活本身充满乐趣，年轻人心头少了如山般与舆论裹挟相对抗的张力，那么，孜孜以求的社会蓝图或许也将在不经意之中徐徐展开。

总　结

黄国平在《致谢》中说："理想不伟大，只愿年过半百，归来仍是少年，希望还有机会重新认识这个世界，不辜负这一生吃过的苦。最后如果还能做出点让别人生活更美好的事，那这辈子就赚了。"他的世界本无光，但他把自己活成了光。

不做井底之蛙，不局限于一己之利，放宽视野，放大格局，走出去，才能看见春天的姹紫嫣红；走出去，才能迎来命运的海阔天空。哪怕深陷困境，也吃得了苦，下得了功夫，敢想敢做，闯出一片天地来。实然，人生轨迹各不相同，不如换个思路，每天都比前一天的自己进步一点点，这种进步带来的安定和自信是稳定的，是扎根在土里向上生长的大树，外界的风风雨雨难以撼动。

躺平是我们应对外界压力的一种方式，就像生活方式一样，无所谓对错好坏，都是个人的选择。只不过，人要对自己的选择负责。"躺平"与"内卷"热议的背后其实是：我们想要什么样的生活？

如果现在觉得迷茫，不妨站在人生的终点去思索。如果今天就是人生的结尾，我最希望自己用什么样的方式度过此生？有什么后悔的愿望没有完成？我真正的热爱在哪里？唯愿回顾一生，不因自己的碌碌无为而悔恨叹息，而是两眼放光地说，我一直在自己热爱的世界里闪闪发光！

都清醒都独立

廉　蓬

　　暑假在家，难得清闲，在互联网上消磨了诸多时间，可也见证了许多舆论事件，让深切感受到舆论力量后的我有颇多思考。

　　那力量太强大，也太可怕，像是一场海啸，一次地震，在它面前你无处遁形，尽管负隅顽抗，破釜沉舟，但终究是单枪匹马，孤立无援，让人不寒而栗，胆战心惊。

　　而广大的网民群众便是这一场场网络狂欢的幕后黑手，他们不付出任何代价地敲打键盘，不假思索地输出不那么成熟的观点，而更多的人则没有保持对不同论述的警惕，失去了自己的独立性，不可避免地成为偏见的附庸，或者说，成为煽动各种偏见的互殴。不论是贵州安顺公交车坠湖事件的舆论反转，还是故意编造哮喘小女孩遭体罚致吐血的闹剧，吸引大众诸多关注的江歌案，抑或是明星失德违法的事件，我们都能深切直观地感受到舆论的力量，以及看到舆论产生的闹剧。

　　我一直在想，我们作为有足够道德良知的个体，为什么会落入集体性的狂热与盲从之中？泪水和愤怒是人之常情，但揭示这个世界，绝不是让你挥舞着拳头站在什么东西对立面，成为一个非黑即白的人。我想，我不愿成为这样的人，一个手里拿着锯子的人，把人群劈成两半，这一半是盟友，那一半是对手,对手赞成的我们必须反对,对手赞美的我们必须批评;我不愿成为被人群裹挟着前进、没有独立思考能力的人,在事件真相被爆出之前,猜忌、怀疑、盘算,跟风辱骂、站队;在真相大白之际,又带着强烈的主观情感去看待事物,满嘴仁义道德,却从未真正了解事件本身。是的,我不愿成为这样的人,不愿成为一个所谓的键盘侠。我只愿,不赞美,不责难,但求了解认识而已;只愿,都清醒,都独立。

其实综观这些舆论事件的发生、反转,我们不难发现,非黑即白的偏执思维有很大一部分责任。人在争吵时为证明自己的观点,或许会偏离问题本身去另辟蹊径。我觉得他是好人,但凡扒出一件好事,就可以支撑我的观点;我想他身败名裂,但凡找到他一丁点污点,他都必须接受讨伐接受网络暴力。有些事真的很无奈,被舆论煽动的情绪如冰冷锐利的针,要求屏幕前的人、事件中的人都周全都完美,却忘了,任何事件的目的都不只是批判,而是更深层次的理解。就算抛开舆论事件这个范围来说,我不知道为什么很多不合理的东西在网络上都会有人信。除了恶意故意,还有很多是真的不愿意也不想思考,本质就是想看笑话,真假本身对他们也不重要。"保持思考"这件事是要做一辈子的。

我很喜欢柴静在《看见》里引用张季鸾说的这样一句话:"随声附和是谓盲从;一知半解是谓盲信;感情冲动,不事详求,是谓盲动;评诋激烈,昧于事实,是谓盲争。吾人诚不明,而不愿自陷于盲。"希望我们可以在这个信息爆炸的时代,保持清醒独立,理性发声,不出妄语,不助恶声。

皆是人间

惆怅客

如果生命是一粒沙

潘祥羽

"我们称它为一粒沙,
但它既不自称为粒,也不自称为沙。
没有名字,它照样过得很好,不管是一般的,独特的,
永久的,短暂的,谬误的,或贴切的名字。"
——辛波斯卡《一粒沙看世界》

  有时候我会思考一些很奇怪的问题,比如为什么我们管蓝色叫蓝色,管绿色叫绿色,有没有可能我看到的其实是蓝色,但是因为所有人都指着它说这是绿色,所以我才说这个颜色是绿色呢?为什么我们管沙子叫沙子,管水叫水,如果我们一开始给沙子起的名字是水,给水起的名字是沙子,那么世界又会变成什么样?

  然而事实是,沙子和水,都是没有生命的物体,它们存在于这个世界,"没有颜色和形状,没有声音,没有味道,也没有痛苦",名字对于它们来说其实一点都不重要,它们从来没有因为人类觉得它们渺小就觉得自己的存在不值得。渺不是真的渺,小也不是真的小。

  如果我们一开始给人类本身的命名不是人而是沙,世界又会如何?

我想现实的生活也不会有什么改变吧。

想到苏格拉底那句很经典的话："你想当痛苦的人，还是快乐的猪？"在我高三的很长一段时间里，我总是处于一种很无所谓的状态。无所谓今天食堂的饭菜好不好，无所谓这道数学题到底听没听懂，无所谓同桌究竟因为什么事情而不开心，无所谓自己这样的心态是否需要进行调整。我每天没心没肺地生活着。我不会抱怨这样的日子什么时候才是个头，也不会像大多数人那样梦想着自己高考完的生活。那时候我宁愿自己是一张桌子、一把椅子、一滴水、一朵云，任何没有生命的物体都在我的考虑范围之内；再不济，我希望自己能是一棵树、一只鸟、一条鱼，任何不需要过多思考的生物也在我的接受范围里。我想把自己隐藏起来，就像一滴水隐匿到大海之中，一粒沙埋没在沙滩之下。

其实我也没有看上去那么无所谓。

我希望自己能成为一个拥有超长生命周期却不用思考的物体，比如当海边的一粒沙，虽然渺小，但却是很坚强的存在，即使被风刮走、被海水卷去，改变的只是它所处的位置，它依旧是原先的那一粒沙。

又想起小时候一家人坐车去海边玩的旧事了。摇摇晃晃的城乡公交车沿着盘山公路慢悠悠地往上开，夏日午后的阳光照得满车的人都昏昏欲睡。我把窗户开得大大的，黏糊糊的风却也很少钻进车里。沿着坑坑洼洼的小路走到海边，沙滩上已经有了很多人。很多小孩子都拿着小铲子，在沙滩上挖着一个又一个没有意义的坑；也有人很努力地用沙子盖了一座城堡。他们大概是已经离开了，但城堡依旧留在沙滩上。

我用手抓了一把混合着海水的沙，慢慢地把手握紧，沙子从我的指缝间流下，时间仿佛就在这一刻定格，世界就在这一刻停止了运转。心中有个声音在告诉我说，这个场景，你会记一辈子。

很多年后的现在，一个阴沉沉的午后，我坐在一个被树完全挡住了视野的窗前，的的确确地回忆起了那个下午沙子残留在我手心的触感。海水开始向上涨的时候，爸妈带着我离开了。我看到所有人在沙滩上留下的脚印全部都消失不见，被小孩子们挖出的不知有何作用的坑，马上就被填满了。那个漂亮的城堡也消失在白色的浪花里。如果我没看见，如果我不记得，我不会相信在这片沙滩上曾经留下这么些印记，曾经承载着很多在海边长大的孩子们的回忆。

或许我们终究都是孤独的，身边的人、事、物总会像沙子一般流逝，直至不见。我只希望在一切逝去之前不要留下太多的遗憾。有时候觉得和重要的人分别真的是一件非常难以接受的事情，甚至于还没发生过，甚至于这个人其实就坐在你的身边和你一起看夕阳，只是想象一下将来总会分开，不论生离还是死别，就已经开始心痛了。就像那个海边的下午，到最后，连整片沙滩都被海水淹没，只剩下浪花一下又一下地拍打着礁石。

但有时候又觉得沙子是这个世界上最坚韧的东西。沙子的英文是 grit，同时也有着鼓起勇气、刚毅、果敢和下定决心的意思。就算生命渺小得仅是世界上的一颗小沙砾、小尘埃，却也可以坚强和勇敢一点，哪怕只是存在于几个人的回忆之中；又如夏花一般，就算只有一次短暂地盛开，也应该默默地全力以赴。

我想起几年之前，在巴黎圣母院起火的那个早上，语文老师和我们说"世间好物不坚牢，彩云易散琉璃碎"；快二十岁的这个初春下午，我决定和自己达成和解。

与黑夜为伴

王影秋

1

世界被暮色温柔地一分为二,远方地平线尽头的夕阳是一天结束的休止符,将年月分割出反反复复的白昼和黑夜。落日的余晖和黎明的晨曦轮流沐浴着小小的城市,满天柔软而悲伤的薄暮,黑暗如潮水般席卷而来,淹没掉日光下喧闹的烦躁,你在每一天的终点期盼夜色降临,等它覆盖空荡荡的人间。

脑海里浮动着的青春碎片,在岁月的打磨下凝固为永恒的形状,你希望时间停滞,在片刻的安宁下欣赏绚烂的过往。

你想与黑夜为伴。

2

晚睡是高中留下的后遗症,早已成为生活的一部分。有时候睡不着,就在窗前眺望同样孤独的城市。几座高楼上零星亮起的红色光点成为指航的信号,在安静地闪烁,它们是离天空最近的路标。远处,此起彼伏不断亮起再熄灭的霓虹灯像月色下泛动着光芒的银色大海,街道上稀疏而过的车辆像深海里的游鱼漂浮在跳动的光影里。

又好像回到高三，从开学醒来时天光大亮的清晨，然后时间一天天在天空涂抹上不同的颜料，直到冬天早上的星光熠熠，一年的时间就这样随着天空不断变化的色彩从生命中消逝。夜深人静，杯中咖啡蒸腾起的雾气湿润着干涩的眼睛，透过雾气看到纸面上模糊的字迹。时针嘀嘀嗒嗒转动，每一圈看似一样，却走出不同的时光。

有时倦意突然袭来，像夏日里倾盆而下的大雨，将理智打得七零八落，我勉强将身体拖到床上，意识开始模糊，然后一切就恢复平静，再睁开眼已是天明。

总是在一个平常而不经意的瞬间，各种老旧画面像无声电影泛黄的镜头在脑海中快速切过，连贯出悲伤而迷人的风景。

我们的青春在时间的催促下仓皇向前奔去，回望过去的机会屈指可数，转瞬就来到人生的十字路口，看着它不怀好意地将我们推到迷雾笼罩的岔路前，仿佛在说："呐，选一个吧。"

我们就在这样的循环中前往最后的终点，它不断变换着形状捏造出一个个闪光的传奇，有你，有我。

3

每一次回望过去的岁月，都是一场长途跋涉的旅行。记忆的岔口散发着灰暗或是金色的古老气息，不断在道路尽头涌现，每一条小径的深处，都盛放着混合起来的苦乐哀愁，它们包含着你所经历的，拥有的，但其实也没那么长久的人生。

阳光穿透浑浊的空气照射在墙面上，飘浮的尘埃中是一张张年少却刻满坚毅的脸庞。有人起身关掉了灯，阳光蜷缩进角落里。黑板又暗淡下来，上面的粉笔字换过一批又一批。板擦每滑动一次，就像再次摧毁生命里的一根支柱。日复一日的试卷，被墨迹染黑的衣袖，在书桌上摩擦出少年奋斗过的痕迹。教室里浓郁的咖啡味在空气里持久地荡漾，黑板旁是悬挂许久的计时牌，在电视中无数次看到的场景终于在身边上演，它每一天的变动都会拧紧心中已紧绷的那根弦，日历向后，计时牌向前，共同绞动着脆弱的心脏，消耗着所剩无几的时间。

  课间操是难得见到蓝天的机会，空旷的操场上方是辽阔的苍穹，白云向地面投下阴影，明与暗之中交错记录下少年们年轻的模样，把善良和美好刻画在时间的年轮上，向后人永久地传唱。

  高考是一道门，六月七日是你漫长生命中一次平凡的日出日落，但它却隔绝着青春与尘世，让成长在某一刻凝固，少年仍是少年。

4

  黑夜用自己独特的魅力消除掉白天的纷扰，将世界变得宁静，但也单调而寂寞地以黑夜为界。人生被分为两个部分，交替书写着壮阔的青春篇章。

  你想与黑夜为伴，让它陪你迎来明天的朝阳。

  你想以黑夜为界，纪念不再回来的旧时光。

以鸽子为指引

王钰霏

冬天的阴霾在城市中蔓延，夜空中的星被霾遮住，一如困苦地在题海中挣扎的我。冬天为什么还没有过去？我的理想真的能突破阴霾吗？望着桌上满是红叉叉的试卷，我冲自己嘲讽一笑。

渺小蠢笨的我，仿佛是一粒芥子，总想要够到天空，也总被压得喘不过气。我被锁在高楼中，伴着手机、互联网浑浑噩噩地度日。伴随清晨醒来的，是愈加昏沉的大脑。到夜晚时，我期盼到阳台上，希望能遇见天空中没有被霓虹灯夺去光芒的星，希望能够获取些许的清明，而不仅是满面的油垢，揉成一团的演算纸。我透过防盗网向外，看到了一只鸽子，一只通体灰色、但眼睛异常明亮的鸽子。这是高楼，是一座由钢筋混凝土筑成的怪物，里面住着被牢笼困住的人、宠物。人们被自己的重压制约，或是学业，或是家庭。鸽子，它带来的是属于自然的野性，属于自然的净化污浊的清新，属于曾经的自由的人们。与它对应的本应是在田垄上奔跑的清风，而不是噎住呼吸道的烟尘。透过狭窄的窗户，我看到明亮的灯光在它的眼中是漫天的霞光，看到了人们疲惫而油腻的灵魂，看到了自己被重压打倒的黑眼圈。我羞愧于直视它的眼睛，又害怕暗处的黑手捕杀掉这罕见的清明。我小心翼翼地从栏杆里递出一汪清水，希望漂白剂不会洗去它身上的灰斑。它饮毕，拍了拍翅膀，留下一支信物，飞向空中，越飞越远。它将竭尽全力，飞回自己应该去的地方，即使风再大，即使这个冬天再寒冷，即使暗处蛰伏着危险。我看到了它的伤口，也看到它起飞时的东倒西歪。我期盼着有一天它会回来，届时一定是生命的奋斗代替挫折与危险。

当沮丧深深地刻进每个人的头脑中，我们真的能再站起来吗？把自己埋进同样空洞的人群中，同样假装奋斗但得不到结果的人群中。我们把自己推进了冰冷的世界，将自己的苦痛转嫁。正如那个冬天的我，我本是应该有目标的，奋发向上的，却被坎坷绊倒，用颓废、佛系，做自己逃避的借口。我在应该奋斗的年纪，却干着老年人的事。我将自己锁在伪装之下，没有目标，不会努力。

我期盼着春天的到来，期盼着鸽子的归来。

春天，到底是由谁带来的呢？当夜鸟啄食着初现的星群，当黑夜骑着马奔驰而来，那是通透的、不含杂质的天空。春风撒出来的粉色花种，成长为小径边的一株樱花。窗台上的不死花被换成青葱的吊兰，厚重的油垢被清洗掉，吐露了新芽的古树向上延伸。方正的冬青也敢肆意生长，生命又一番周而复始地来临了。

是啊，春天来了。

我的信使从春天中来了，我看到了更加明亮的未来。构成冬天的不仅仅是烟雾、油脂、甜腻，也是积起一沓的草稿纸，翻烂了的书本。遗失的羽毛静静躺在复苏的枯草上，春风吹走的是冬天的阴霾，吹来的是春的香气。

我又见到你了，我的信鸽，这一次，迷雾不能遮住你的身形。

我参与了春天的狂欢,记录了春天的感受;我感受到了化作珍珠的苦痛,也被珍珠的光芒所照耀,化作鸽子身上肆意飞扬的轻羽。

我从你的眼里窥见万千的霞光,窥见春花烂漫,窥见小小的高楼里奋笔疾书的我。小小的鸽子哪能带得住这么沉重的我,不过是自己扇动翅膀,渴望与它一同飞翔。没有一点即通的未来,只是秉持着一种信念,尝试着踮起脚,尝试着跳跃,终破自己的桎梏,获得飞翔的权利。

鸽子给了我努力的方向,可这个时代的人们真的有吗?有多少人只能甘于现实,在虚拟的世界中沉迷。这个时代的精神病灶在于信仰的缺失,在于文化的粗鄙,在于情感的失落。仅仅靠着曲解释义,活在自己的小世界里,得过且过,是故步自封的悲哀。请那些失去信仰,极度冷漠,奉行享乐主义、利己主义的人想一想吧,卵生生物在飞翔的同时,自诩高等动物的人在享受着腌臜的泥坑。

是啦,环境都一样啦,谁也显示不出自己的颓废。

是啦,大家都是一样的啦,都一样的无聊。

如果都这样,谁能成为未来的指引者呢?

光　影

陈炬旸

我是生活在阴影里的事物。

你们可以称我为"影"。

我不知道自己何时诞生，从何处来，又往何处去。我徘徊于这世间，从土黄到灰白，日复一日，年复一年。原本我是知道的，虽不多，但总归是清醒着的，而无穷无尽的劳苦浑浊了我的双眼，已然不可视物了。

"这里，来吧。"冥冥中有个声音说道。我努力睁开我混沌的眼，向着声音所指的方向望去，入目的是一个人——擎着有着赤色的光的火炬。火光极微弱，但足以映出我的漆黑的全部。

我想要成为这个人的影子。

不是所有的人都有影子，但一个人可以有无数影子。像是有的人身矮貌丑，头上盖着王冠，肥硕的身躯阻隔了绝大部分光线，仅施舍些许光亮从手臂与躯干的缝隙中透出，但身后却密密麻麻地挤满了模糊不清的影子。影子们尖叫着，削尖了脑袋推搡着，挣扎着，承受着。还有的人形容枯槁，兜里揣些陈年的流水簿子，即使日薄西山，也能用摇摇欲坠的拐杖将影子死死钉在脚下。我曾靠近些，差点被吸入那虚无，听见了我的同类的尖叫和哭号，他们全然没有生机，满满的全是"压迫与苦痛"。

但影子似乎不可以选择很多人。我曾见过一个还很凝实的影被赤色的火光吸引，挣脱了同类和拐杖的大半束缚，将一侧身子探进了那个人身后。但不同阶级的人所走的道路是不同的，年轻的影被拉扯向两个不同的方向。向往火光，却苟于暗，我不知年轻的影去了哪里，许是被撕裂成了两半，消失在天地之间，抑或是被重新拽回，甚至是惧怕火光而自己回去。

但这个人似乎没有注意到我，让我仍有机会脱逃，所以我还观察着他，虚虚缀在他身后。

在这永恒的灰白里，他不知疲惫地走着，似乎希冀以手中擎着的火炬来改变些什么，但他的努力注定是徒劳无用的。赤色的火只能照亮他身旁的一小块地方，余下的部分仍是灰白；更糟的是，当他走过，前往下一个目的地后，前一块被照亮的地方，徒留空气中的余温。

而此时的我仍在冷眼旁观着。

劳苦而并不功高，他似乎也明白了。他举目四望，离他稍远一些的地方没有赤色的火留下的痕迹。他变得有些无助了，低敛着眉。火炬也忽明忽暗，似乎随时都有熄灭的风险。但他的眼睛忽然迸射出惊喜的光，极远处影影绰绰显出些赤红。他欣喜若狂地狂奔起来，朝向火光。近了，离得近了，原来是和他一样的几个人。他们彼此交谈着，共同承担着，相互激励着。渐渐地他们的人数愈来愈多，队伍愈来愈壮大，他们手挽着手，齐声高喊，"只有德先生和赛先生才能救中国……"

我听不懂，但大为震撼，猜测这两位厉害的先生或许有法术，能够操控赤色的火。我于是对他们有些向往了。

虽然许多把火炬聚在一起，照亮的地方变大了，但这是不够的。极目远眺，远方望不到地平线，依旧是永恒的灰白。

途中，肥硕和枯槁的人走过。我选择的人和他的同伴看到了身后的影的挣扎，听到了影的哭号，他们于是停下来，同那肥硕与枯槁搏斗，呼唤密密麻麻的影子，试图将他们从虚无中拖出。但许是被王冠迷了眼，被簿子记了名，被拐杖钉住了身，抑或是在阴影中太久，大多数影子已无法正视火光了。他们只争取到了一部分清醒着、向往着赤色的火光的影。

我们明白阴影虽使我们暂得苟安，但终将把我们蚕食殆尽；而光虽刺眼，但或可洗涤我们的灵魂。

我们不是不平等的关系，我们是一群影子聚在一群人身后。

在战斗中，我最开始选择的那个人受伤了，不幸被拐杖刺破了胸膛，徐徐倒下了，作为他的影子，我连同他一起仰躺在地上。

他终于注意到我了，侧头向我微微笑着。

我眯缝了眼，努力看清他的五官，而终竟不能。但我听见噼里啪啦的火一般的东西在他桃红的、菲薄的皮肤下奔腾，染红他淡白的唇。

以鲜血铸成的牺牲和他魂灵散发的热力使我决定与他同行。最终一起置于这刺目的光之下了，它使我流泪，热辣辣的泪珠从我漆黑一片的面颊滑下。我竟奇异般的感到温暖了，不禁张大双臂，更用力地拥抱这光了。

没了阻挡，光便将我慢慢裹挟了，我不知道这光的尽头究竟是些什么，黄的、白的、抑或是五彩斑斓的新世界。耳边的声音渐趋模糊，只听得出"团结与发动……""要……人民群众""……支持的成功"这些许字眼来。我不由被吸引了目光去，艰难地转过头，眼前的一幕使我震撼——

因为光的正向照射，我选择的那个人的同伴身后的影子愈来愈长、愈来愈宽，依稀可想见以后如赤焰般的燎原之势，会将那肥硕与枯槁压过了。

我终于能与他并肩。

这光的深处即使是更恶的黑,也已然不重要了。我想着,朝向光,牢牢置于原地。

人虎传

潘笑莹

李征，陇西人氏，少时嗜读书，学识渊博，文采斐然。天宝末年，以弱冠之年而名登虎榜，随即补江南尉。生性狷介、自视甚高，不屑厕身于稗官贱吏之流，故辞官归乡，闭门绝交，孜孜矻矻，潜心诗作。数年后，不堪贫困，故再次东下，任地方小官。期年之后，因公出差，夜宿汝水。夜半时分，倏然夺门而出，一去不返，村民寻遍山野，踪迹全无。翌年，监察御史袁傪奉命出使，途中夜宿此地，天色未明，便急于赶路。小吏劝曰："前方常有猛虎出没，行人只可行于白日，故大人可稍事休整。"袁傪凭随从众多，故不相理睬。行于途中，果现一猛虎，猛虎见之，本欲扑之，却又转身，隐没于丛。顷之，竟有人声传于丛中，袁傪闻此，只觉耳熟，细细辨之，竟是好友李征。袁傪曰："闻此声，莫非李征兄也？"一声答曰："在下正是李征。"袁傪忘却惊怖，近丛，问曰："李兄何不出来一见？"李征曰："吾身为异类，半人半虎，怎能现身？况若我现身于此，汝必心中嫌恶，不若不见罢。然今遇故人，欢喜异常，不知友人可否留步，与吾交谈片刻？"袁傪曰："善。"李征曰："概一岁前，吾奉公出差，夜宿汝水之滨，忽闻一人唤之，吾循声而去，深入山林。不知何时，竟以左右手走之，又觉精神抖擞，巉岩峻岭，一跃而过。待到神识归位，却见手指生毛，肘部亦然。映于山溪,俨见一虎,吾以为身处梦中,未几,便知晓此为现世,而非梦境。一兔奔于眼前,吾遂抓之。兔血溢于嘴角,兔毛散于身旁,吾深知人性已失,故有一事相求。"袁傪屏息曰:"自当尽力。"李征曰:"所求非为别事,吾遭此厄运,妻儿尚在家中,请汝怜之,略施援手,吾自当感激不尽。"说罢,掉头而去。此后,山中再无猛虎。

从人类群星处转身,奔向一个人的丛林

谢飞扬

黄金六月,这是写在高考之际的一处赘笔。

初升的太阳向着火与热,正如六月的葵花,不易趋向阴面。当要挺过人生重要的转折点时,上进的光芒总能盖过个人的阴郁,即便阴郁是一种在生命中长期存在的成分,但向上的氛围会试图让你忘记。

骄阳似火,身处人群中的他们并不感到被埋没。他们坚信自己的品格与精神,在天空无比湛蓝的晴日,在不顾一切可以飞奔的青春年华,他们终有一天可以闪闪发光。三百六十五天,因为疫情被迫滞留在家的他们,隔着屏幕相视而笑的他们,闪烁着一双双炽热的眼,大声告诉每一个同伴自己的诺言——要不甘草草,要顶峰相见。一百天,所有情绪如潮水般倾泻,他面色沧桑,她笑靥如花;他仍稳步向前,她在原地踟蹰;他举目四望,满眼尽是陌生的脸,不知是否能实现承诺,不知朝气湮灭于何时;她恍惚忐忑,笔调仓促,后悔之余,默默激励自己"敬终如始,轻装上阵"。他、她、他们,无论怎样度过,都还是要向前。他们是初生未见猩红的刀刃,是新羽长成的雏鸟,是不甘平凡的翔鹰,他们终将要经历的是利刃染血、新鸟折翼。他们在年轻的战场,经历种种盘旋与交锋,在漫长的拉锯战中颤颤巍巍，几欲跌倒，他们仍要向前的。当有一天，猛然回头，知道自己并非茕茕孑立。身后的他们，是人类群星的灼灼光芒，是众人青春高昂的大合唱。他们走过了岁月匆匆，在最后的冬，在群体的绒被包裹下温暖地发了芽，阴郁不可能驱散，但太阳的热烈温柔，已经足够融化隆冬的雪。

  天空再也不会像他们那时一样湛蓝——树梢在和煦的风中摇曳，柔软的云正向屋内歇息的人儿招手；落日再也不会像那时一样熠熠生辉——夕阳普照下的楼宇不动如山，像是身处大漠中，已经是一座屹立千年之久的文明古迹。我热情地歌颂他们，虽然他们已经不再是他们，他们早已经分散四方，有的仍固执地坚持那一份梦想，有的不甘堕落，早早吹起冲锋的号角，有的在风雨如晦中迷惘，有的不明前路，只道是来日方长；我仍歆羡他们强壮的体魄与可爱的面庞，少了千篇一律的修饰，多了跃动唯美的芬芳。他们何日不曾迷惘，又何日不曾拾起前进的希望？他们在一种浮动却螺旋上升的状态中，勇敢地迈着步子，任夏季晨风拂过发梢，任白日思绪充实身心，任互助的爱激荡在胸膛。

  我怀念他们，自从那一次转身，他们已好久不见踪影。我在一片漆黑的夜里四处寻找，声嘶力竭，他们却只肯在我的梦里稍作停留。白日梦醒笑黄粱，夜深入梦湿枕衾。不久之前，又好像是许久之前。从前的夜空挂满了星辰，他们见了我，或挑眉，或眨眼，如今星星已经看不到了，我在一片浓雾里行走，眼里失了星辰，只能恍恍惚惚看到自己模糊的泪珠在盘旋。我找得累了，盘起腿来坐下休息，费力仰头望着那混沌的空间——他们在哪儿呢？这哪里是天，哪里是地？分不清了，我又该怎样一个人走出这片丛林？

  星星会永远闪耀吗？不会。星星会永远消失吗？不会。那些曾经存在着的现在又消失的,如今仍在以另一种形式发光。我在这片丛林里摇摇晃晃,曾费尽全力去寻找的,原来一转身,哦,他们就在这儿呢。